Die Durchgebrannte Braut Des Milliardenschweren Cowboys

Er ist eingefleischter Junggeselle, sie eine durchgebrannte Braut, die seine Hilfe braucht.

Nachdem der überzeugte Junggeselle Cole Tanner auf der Hochzeit eines Freundes das Strumpfband gefangen hat, stößt er auf einer abgelegenen Straße nahe seiner Heimatstadt True Love, Texas auf eine humpelnde, benommene und verwirrte davongelaufene Braut und hält an, um ihr zu helfen.

Offensichtlich kann Tulip Jones zu öffentlich vorgebrachten Heiratsanträgen nicht Nein sagen – dies ist bereits das zweite Mal, dass sie vor einer Hochzeit davongelaufen ist! Sie braucht in mehrfacher Hinsicht Hilfe – kann Cole ihr beibringen, wie man eine selbstsichere Junggesellin wird und Nein sagt?

Sie passen perfekt zusammen, bis ihnen die Liebe in die Quere kommt!

Die milliardenschweren Junggesellen von True Love, Texas stehen kurz davor, [illegible] kennenzulernen…

DIE DURCHGEBRANNTE BRAUT DES MILLIARDENSCHWERE N COWBOYS

Die milliardenschweren Cowboys
von True Love, Texas
Buch Eins

HOPE
MOORE

KAPITEL EINS

Tulip Jones stolperte aus ihrem Auto, hinaus in den strömenden Regen. Benommen blinzelte sie gegen die Rinnsale an, die ihr das Gesicht herabliefen.

Ihr Gesicht schmerzte.

Ihre Wange brannte.

Ihre Umgebung schwankte. Sie stolperte auf die rutschige, grasbewachsene Böschung zu und schaffte es, ihr Gleichgewicht wiederzufinden, bevor sie die schlammige Anhöhe hinunterrutschte. *Wo bin ich?*

Das Vorderteil des roten Wagens hatte sich gegen den breiten Stamm eines Baumes geschoben. Es sah aus, als hätte das Auto versucht, auf den Baum zu klettern, seine Scheinwerfer beleuchteten sanft das Geäst über ihr. Der Regen strömte so heftig auf sie herab, als würde Gott einen Swimmingpool über ihrem

Kopf ausleeren. Was sie nach all dem, was sie getan hatte, wahrscheinlich verdient hatte.

Sie blinzelte erneut gegen das Wasser an und schüttelte den Kopf. Ihr ging auf, dass der Airbag sie im Gesicht getroffen und ihr wahrscheinlich das Leben gerettet hatte. Sie erinnerte sich an das Aquaplaning. Erinnerte sich daran, wie der Untergrund an der Stelle, an der die Straße abfiel, plötzlich rutschig geworden war, an das Gefühl der völligen Hilflosigkeit, als sich das Auto wie in Zeitlupe von der Wasserschicht gelöst hatte und dann von der Straße in den Graben und zurück auf die andere Seite geschossen war, bevor es abgehoben und gegen den Baum geprallt war.

Sie war zu schnell gefahren. In Gedanken hatte sie ihre Mutter in deren typischem, texanischem Slang schreien hören: Mach langsamer, Tulip Michelle Jones, bevor du uns noch alle mit deinem verrückten Fahrstil umbringst.

Sie fuhr mit beiden Händen an ihrem Oberkörper entlang, wie um sicherzugehen, dass ihre Mutter nicht recht behalten hatte und sie in der Tat tot war und jetzt von oben auf das Wrack herabsah, bevor sie um das

Auto herumging.

Nein, sie lebte, was aber höchstwahrscheinlich nur der Gnade Gottes zu verdanken war – und einem Airbag mit einem gemeinen rechten Haken.

Sie erzitterte im Regen, nachträglich von Angst wegen all dem übermannt, was beinahe geschehen wäre, und ihr ging auf, dass sich die letzten Augenblicke völlig ihrer Kontrolle entzogen hatten.

Tulip hatte keine Ahnung, wo sie sich befand. Als sie nach unten schaute, bemerkte sie, dass sie in ihrem Hochzeitskleid steckte und da erinnerte sie sich… erinnerte sich daran, wie sie ihren langen Rock zusammengerafft hatte und wie verrückt auf die Kirchentür zugelaufen war. Die Leute hatten sie beobachtet und sie war davongerannt… wieder einmal. Sie hatte so viele Menschen enttäuscht. Wenn sie nur den Mumm aufgebracht hätte, Nein zu sagen.

Nein, ein kurzes Wort mit nur vier Buchstaben. Alles wäre so viel einfacher gewesen, wenn sie nur dieses winzige Wort gesagt hätte. Tränen brannten ihr in den Augen, ihr Salz mischte sich mit dem des Regens.

Sie blinzelte heftig in die Dunkelheit, die

gespenstige Beleuchtung ihres Autos der einzige Lichtschein in der nassen Schwärze.

Mit schwachen Knien entfernte sie sich stolpernd von ihrem Wagen und trat in eine Schlammpfütze. Sie fiel nach vorn und stürzte dann kopfüber die rutschige Böschung hinunter, um sich schließlich auf dem Grund des Grabens wiederzufinden. Ihr Kopf stieß gegen etwas Hartes und das Letzte, was sie dachte, bevor sie das Bewusstsein verlor, war, dass niemand wusste, wo sie war und es gerade jetzt wohl auch niemanden interessierte. Wahrscheinlich würde sie es morgen auf die Titelseiten schaffen: Braut mit kalten Füßen stirbt in Wassergraben, nachdem sie einem der reichsten Junggesellen Austins den Laufpass gegeben hat… was für eine Idiotin. Das Mädchen hätte ausgesorgt und hatte doch alles hingeworfen.

* * *

Im Radio lief der neue Song von Country-Star Denton McCoy, während Cole Tanner auf ländlichen Straßen in Richtung seiner Heimatstadt True Love, Texas fuhr.

Wenn Cole Tanner Denton nicht gekannt hätte, dann hätte er das Radio inmitten des neuen Liebeslieds ausgeschaltet. Aber er kannte Denton und es hätte sich falsch angefühlt, das Lied seines Freundes zu unterbrechen, also hielt Cole durch. Aber das Liebeslied sorgte dafür, dass sich seine Stimmung nach allem, was er gerade erlebt hatte, noch weiter verdüsterte.

Er war auf dem Weg nach Hause, nachdem er an der Hochzeit eines College-Freundes in Waco teilgenommen hatte. Dort war er von einem Reporter in die Enge getrieben worden, der ihn gefragt hatte, wann er denn Shelly Duncan, der Moderatorin einer morgendlichen Talkshow, die er auf einer Wohltätigkeitsveranstaltung zur Rettung wilder Mustangs kennengelernt hatte, einen Ring anzustecken gedachte. Ihm war schnell aufgegangen, dass Shelly nicht so nett war, wie sie zunächst gewirkt hatte und nur um der guten Publicity wegen an der Veranstaltung teilgenommen hatte. Ihm war ebenfalls aufgefallen, dass sie aus dem gleichen Grund mit ihm ausgegangen war. Eine Woche zuvor hatte er ihre Beziehung beendet, aber augenscheinlich hatte diese Neuigkeit noch nicht die Runde gemacht. Er war niemand, der über sein Privatleben sprach.

Das war den Reportern bisher scheinbar nicht aufgegangen oder sie scherten sich nicht darum, dass er es nicht mochte, wenn man sich in sein Leben einmischte. Er hätte erkennen müssen, dass es ein Fehler war, mit einer lokalen Berühmtheit wie Shelly auszugehen – denn sie wollte alle Aufmerksamkeit, die sie nur bekommen konnte. Ihrer beider Beziehung war von Anfang an zum Scheitern verurteilt gewesen.

Frustriert hatte er den Hochzeitsempfang verlassen, bevor er sich Ärger mit dem beharrlichen Reporter einhandelte, der ihn nicht in Ruhe lassen würde. Das Letzte, was Cole gebrauchen konnte, war eine reißerische Geschichte über sich selbst in einem Boulevard-Blatt und das war genau das, was dieser Mensch über ihn schreiben würde, nachdem Cole ihm unmissverständlich klargemacht hatte, dass er sich verziehen solle. Ein solcher Artikel hätte weder ihm noch seinen Brüdern geholfen und, was noch schwerer wog, er hätte die Hochzeit seines Kumpels gestört.

Wie auch immer, er war gerade auf dem Weg zur

Tür gewesen, als sein Freund das Strumpfband geworfen hatte. Es war über die Köpfe der Singlemänner, die begierig darauf aus waren, es zu fangen, hinweggeflogen und gegen seinen Kopf geprallt. Aus einem Reflex heraus hatte er es aufgefangen.

Das Strumpfband zu fangen war das Letzte, was er hatte tun wollen. Besonders als er bemerkte, wie Blitzlichter zuckten und erkannte, dass der Reporter diesen Moment festgehalten hatte.

Es war keine Frage, wie das auf der Titelseite einer Boulevardzeitung wirken würde.

Er war noch nicht bereit, zu heiraten. Diese Sache hatte Cole bis auf Weiteres vertagt. Er war beschäftigt; er half dabei, eine Ranch zu führen und hatte sein eigenes Unternehmen, das ihn bis spät in die Nacht beschäftigte. Außerdem war er nach der Sache mit Shelly Frauen leid, die ihm wegen dem nachstellten, was er ihnen geben konnte. Das war der „Fluch des schwarzen Öls“, wie sein jüngerer Bruder Jake stets scherzhaft sagte, seit sie vor beinahe fünf Jahren auf ihrem Land auf ein gewaltiges Ölvorkommen gestoßen waren. Das Leben seiner Familie hatte sich über Nacht verändert und sie von einer hart arbeitenden Ranch-Familie zu Milliardären gemacht. Diese Entwicklung hatte großartige Dinge mit sich gebracht, aber auch ein paar nicht ganz so großartige.

Er versuchte, sich auf das Gute zu konzentrieren, das daraus hervorgegangen war und nicht auf die Betrüger und all jene, die sie auszunutzen versuchten und die seitdem unter jedem Stein hervorgekrochen gekommen waren. Nicht zu wissen, wie es um die Absichten derjenigen stand, die ihn aufsuchten, war das, was er am meisten hasste. Er mochte nichts an diesem Szenario.

Der Regen nahm noch an Stärke zu, wenn das überhaupt möglich war und er verlangsamte die Geschwindigkeit seines Trucks weiter, während er die Gedanken an das Strumpfband und den Reporter in den Hintergrund seines Bewusstseins drängte. Hier im texanischen Hill Country schwollen Flüsse rasch an und traten über die Ufer, sodass er seine gesamte Aufmerksamkeit auf die Straße richtete. Er drückte den Knopf für das Funkgerät auf dem Armaturenbrett und entdeckte mehrere Sturzflutwarnungen. Doch er kannte diese Straßen wie seine Westentasche, und diese Abkürzung zu seiner Heimatstadt True Love war nur an einer einzigen Stelle problematisch. Er wusste, dass er umkehren könnte, wenn diese unpassierbar aussah. Sein großer alter Ford-Truck mit Allradantrieb kam mit einer guten Ladung Wasser klar, sodass die Straße für ihn nicht so gefährlich war wie für ein kleineres Gefährt.

Nach ein paar Minuten, in denen er der gewundenen, von Furchen durchzogenen Asphaltstraße gefolgt war, näherte er sich dem Bereich, in dem diese erst bergab führte, bevor sie abflachte um anschließend wieder nach oben zu führen. Dies war der gefährlichste Bereich und im Strahl seiner Scheinwerfer konnte er sehen, wie das Wasser über die Straße wirbelte. Außerdem entdeckte er ein Leuchten vor sich. Sein Puls beschleunigte sich, als er näherkam und erkannte, dass es von einem Auto stammte. Der Winkel der Lichter, die die dunklen Bäume anstrahlten, sah in der Schwärze der Nacht gar nicht gut aus. So schnell er es wagte, fuhr er in das bereits etwa sechs Zoll hohe Wasser hinein, dass rasch höher stieg. Wenn sich jemand in diesem Auto befand, dann musste er ihn dort rausholen. Seine Lichter trafen das Auto. Ein schicker Sportwagen, dessen vorderes Ende gegen die riesige Eiche geprallt war. Er war zusammengefaltet wie ein Akkordeon und die Fahrertür stand offen.

Er brachte den Truck zum Stehen und sprang heraus. Seine Stiefel tauchten in Wasser, das hier aber zum Glück nicht ganz so hoch stand wie in der Senke am tiefsten Punkt der Straße. Er trabte durch das Wasser und dann hinunter in den Graben, wo das Wasser etwa kniehoch stand. Er stieg die Böschung hinauf und sah sofort, dass das Auto leer war. Der Regen prasselte hart auf ihn herab und er konnte sich nicht vorstellen, dass hier draußen jemand herumlief.

Aber irgendjemand musste in der Nähe gewesen sein. Die Scheinwerfer leuchteten noch, sie hatten sich weder automatisch abgeschaltet noch die Batterie entladen. Er richtete sich auf, schob seinen Cowboyhut zurecht, der kaum half, sein Gesicht vor dem Regen zu schützen und ließ den Blick schweifen. Das Wasser stieg, also war der Verunfallte, wer immer es auch gewesen sein mochte, sicher hinauf zur Straße geklettert

– wenn er sich nicht zu stark verletzt hatte. Er bahnte sich seinen Weg zurück durch den Graben und stieg die leichte Böschung hinauf. So stark wie der Regen war, konnten die Dinge hier schnell außer Kontrolle geraten. Es regnete auch flussaufwärts, von dort würde die Überschwemmung kommen, wenn sie eintraf. Seine Sorge wuchs, jetzt wo er wusste, dass jemand in dieser Sintflut herumwanderte.

Er legte die Hände wie ein Megafon um seinen Mund und schrie. Doch so wie der Regen polterte, war es fraglich, ob ihn jemand hören würde. Das Beste, was er tun konnte, wäre es, in den Truck zu springen, die Straße entlangzufahren und zu hoffen, dass er den Fahrer des Autos finden würde. Vielleicht war auch jemand anderes gleich nach dem Unfall vorbeigekommen und hatte ihn mitgenommen. Doch dies war ein nur wenig genutzter Straßenabschnitt. Er setzte seinen Truck in Bewegung und sandte ein Gebet gen Himmel, in dem er darum bat, dass dem Fahrer nichts geschehen möge. Als er um eine Kurve fuhr, entdeckte er die unheimliche Gestalt einer Frau in einem langen weißen Kleid vor sich, die sich mitten auf der

Straße dahinschleppte. „Danke, Herr“, flüsterte er erleichtert und blinzelte dann durch die Windschutzscheibe. Was trug sie da nur? War das ein durchnässtes Hochzeitskleid?

Das weiße Kleid klebte an ihrem schlanken Körper, die Schleppe zog sie hinter sich durchs Wasser. Besorgt hielt er sich hinter ihr, als sie ihn nicht zu hören schien. Sie schwankte erneut und seine Besorgnis verstärkte sich. Irgendetwas stimmte nicht mit ihr. Er trat auf die Bremse, brachte den Wagen zum Stehen und sprang dann aus dem Fahrzeug ins Wasser, das hier ein paar Zentimeter hoch stand. Er lief durch den Regen. Seine Stiefel pflügten durch das Wasser und er war froh, dass er nicht ausrutschte, denn er trug die Stiefel mit den Ledersohlen, die sich besser zum Tanzen eigneten anstelle der Arbeitsstiefel mit den dickeren Sohlen. Nicht dass er getanzt hätte; er war auf die Hochzeit gegangen und dann so schnell wie möglich wieder verschwunden, nachdem ihn der Reporter bedrängt hatte.

„Ma'am, kann ich Ihnen helfen?“

Sie wirbelte herum und begann zu schwanken.

War sie verletzt oder betrunken?

Im Licht seiner Scheinwerfer konnte er den Schnitt auf ihrer Stirn sehen. Er sah kein Blut, nur einen rosa Film, weil der Regen auf sie niederprasselte. Benommene grüne Augen funkelten im Licht. Sie schwankte erneut und er griff nach ihrem Arm. „Warten Sie, ich habe Sie“, sagte er, genau in dem Moment, in dem ihre Knie nachgaben und sie zu Boden zu sinken begann. Er bewegte sich rasch und schlang einen Arm um ihre Taille, um sie zu halten.

Sie blickte zu ihm auf. „Ich glaube, ich… brauche Hilfe.“

Er sah in ihr hübsches Gesicht hinunter und seine Brust wurde eng. Sie hatte, so blass sie auch war, ein unfassbar süßes Gesicht und dann waren da noch diese großen grünen Augen.

„Ja, Ma'am, Sie brauchen Hilfe. Kommen Sie. Ich habe Ihr Auto dort hinten gesehen. Wir bringen Sie jetzt erst mal aus diesem verrückten Wetter raus. Mein Truck steht gleich da und dann bringe ich Sie zum Arzt.“

„Ich brauche keinen Arzt.“ Sie rückte ein Stück von ihm ab.

Er hielt sie fest. „Lasen Sie das, Sie könnten fallen.“

Verwirrt sah sie ihn an. „Ich weiß nicht, was ich brauche. Mein Kopf tut weh.“ Die letzten Worte kamen nur noch undeutlich und dann brach sie zusammen.

Cole hob sie in seine Arme und sie legte ihren Kopf an seine Schulter. Wie eine Welle brach ein so starker Drang danach, sie zu beschützen, über ihm zusammen, wie er ihn noch nie zuvor in seinem Leben gespürt hatte. Sie fest in seinen Armen haltend, stakste er durch den Regen zu seinem Truck. Mit der Hand des Armes, über dem ihre Beine lagen, riss er die Beifahrertür auf, während er gleichzeitig seinen Kopf neigte, damit das Wasser, das sich auf dem Rand seines Stetsons gesammelt hatte, abfließen konnte. So würde er es nicht über sie gießen, wenn er sie auf den Sitz setzte. Sie waren beide vollständig durchnässt, aber es bestand kein Grund, sie noch mehr Wasser auszusetzen.

Mit zügigen Bewegungen setzte er sie in den Sitz und griff dann über sie hinweg nach dem Sicherheitsgurt. Er hielt sie mit einem Arm aufrecht, während er sie anschnallte. Er zog am Sicherheitsgurt, damit dieser einrastete, und hielt sie gleichzeitig hoch, da sie ohnmächtig – oder zumindest halb ohnmächtig – geworden war.

Als er sich über sie beugte, um den Riemen festzuziehen, öffnete sie die Augen. „Vielen Dank."

Ihre geflüsterten Worte ließen ihn innehalten. Er starrte in ihre smaragdgrünen Augen. „Gern geschehen. Ich bin froh..." Weiter kam er nicht, denn in diesem Moment sackte ihr Kopf nach vorn und sie verlor das Bewusstsein. Sanft nahm er ihr Gesicht zwischen seine Hände, dann hob er ihren Kopf an und positionierte ihn so, dass ihre Stirn vom Sicherheitsgurt gehalten wurde und ihr Hinterkopf an der Ecke der Rückenlehne zu liegen kam. Sie hatte das Gesicht eines Engels und er wusste nur zu gut, dass dies täuschen konnte und doch fragte er sich, ob sie wohl so süß war, wie sie aussah, als er auf die andere Seite seines Trucks eilte.

Die Erfahrungen, die er in letzter Zeit gemacht hatte, sagten ihm etwas Anderes. Das Aussehen täuschte meistens.

KAPITEL ZWEI

Da Cole nicht wusste, was er sonst tun sollte, schlug er, von Dankbarkeit darüber erfüllt, dass sie einen Arzt in der Familie hatten, den Weg zur Ranch ein. Unterwegs wählte er die Nummer seines Bruders Austin.

„Hallo.“ Austins benommene Stimme erklang durch das Telefon.

„Hey, tut mir leid, dass ich dich geweckt habe. Ich weiß, dass du gestern Abend noch unterwegs warst, aber ich brauche deine Hilfe. Hier draußen ist alles überflutet und ich habe auf der Abkürzung nach True Love eine Frau gefunden. Sie hatte einen Autounfall und wanderte mitten auf der Straße herum. Sie ist gerade in meinem Truck ohnmächtig geworden, ich bin auf dem Weg nach Hause.“

„Ich bin froh, dass du sie gefunden hast“, sagte Austin, seit dem Moment hellwach, in dem ihm klargeworden war, dass sein medizinischer Rat benötigt wurde. Er begann auf der Stelle, Fragen über ihren Zustand zu stellen, und Cole setzte ihn so gut er konnte, ins Bild. Schließlich hatte er genügend Informationen bereitgestellt, um Austin zu dem Schluss kommen zu lassen, dass es in Anbetracht der gefährlichen Situation auf den Straßen besser wäre, sie auf die Ranch anstatt ins nächstgelegene Krankenhaus zu bringen. „Fahr so schnell du kannst – so schnell es sicher ist und ich bereite mich auf euch vor.“

„Das werde ich.“ Cole warf einen Blick zu seiner Beifahrerin hinüber. Sie war noch immer bewusstlos und das bereitete ihm Sorgen. Und er fragte sich, was sie so spät in der Nacht allein und in einem Hochzeitskleid auf dieser Straße gewollt hatte.

War sie eine Braut, die vom Altar davongelaufen war?

Er hatte von derartigen Fällen gehört, doch bisher war ihm keine solche Frau über den Weg gelaufen. Aber warum sollte sie sonst allein in diesem Kleid unterwegs sein?

Eine Viertelstunde später fuhr Cole in die Garage, in der Austin bereits wartete. Sein Bruder hatte die Tür schon geöffnet, bevor Cole aus dem Truck steigen konnte.

Austin sah ihn überrascht an. „Sie trägt ein Hochzeitskleid.“ Mit einem Finger tastete er nach ihrem Puls.

„Ja, diesen Teil des Rätsels habe ich dir noch nicht mitgeteilt.“ Er stieg aus und eilte zu Austin hinüber.

„Der Puls ist stark.“

Cole atmete erleichtert aus. „Gut zu wissen. Hier, halte du die Hintertür und ich bringe sie hinein.“

Austin trat aus dem Weg und hielt die Tür fest.

Cole hob seinen Passagier in seine Arme, wovon sie erwachte. „Wo bin ich?“

Sie fest an sich gedrückt haltend, spürte er die Kälte ihrer Haut. Er wollte sie aufwärmen. „Ich habe dich mit zu mir nach Hause genommen, damit du mit meinem Bruder sprechen kannst. Er ist Arzt und wird dich gleich untersuchen.“

„Danke“, sagte sie schwach und lehnte ihren Kopf

gegen seinen Hals.

Austin ging ihnen voran ins Wohnzimmer, wo er einige Decken auf die Couch gelegt hatte, um etwas von dem Wasser aufzusaugen, während er sie untersuchte.

Sie lehnte ihren Kopf gegen ein Kissen, als er beiseitetrat und Austin die Führung überließ.

Sein Bruder setzte sich auf die Kante des Kaffeetisches und lächelte sie an. „Ich bin Austin. Kannst du mich ansehen und mir deinen Namen sagen?“

Sie öffnete die Augen und runzelte die Stirn. „Tulip Jones.“

Cole lächelte, als er ihren Namen hörte. Ein ungewöhnlicher, aber fröhlicher Name.

„Okay Tulip, wie gesagt, ich bin Austin und das ist mein Bruder Cole. Er hat dich auf der Straße herumwandern sehen. Erinnerst du dich daran?“

Sie nickte. Sie ließ ihren Blick von Austin zu Coles Augen schweifen und sofort beschleunigte sich sein Puls.

Austin tätschelte ihren Arm und sie konzentrierte sich wieder auf ihn. „Zumindest weißt du, wie du heißt. Da wir nicht genau wissen, ob du gestürzt bist und dir den Kopf angeschlagen hast oder was der Unfall mit dir gemacht hat, werde ich dir einige Fragen stellen und dich untersuchen. Deinen Kopf und die Stellen, die weh tun. Ist das für dich in Ordnung?“

„Ja.“ Sie nickte. „Nur mein Kopf tut weh und meine Schulter und Brust.“

„Dann schauen wir uns zunächst mal deine Augen an.“ Austin legte einen Finger über ihr Auge und zog die Haut ein wenig nach oben, während er ihr mit einer kleinen Taschenlampe in die Augen leuchtete. „Nun zu deinen Rippen, wo dich der Sicherheitsgurt wahrscheinlich verletzt hat.“

Er zog sein Stethoskop hervor und ließ sie ein- und ausatmen, dann überprüfte er sanft ihr Schlüsselbein und drückte ein paar Stellen, die sie als schmerzhaft beschrieb.

„Ich denke, soweit ist alles in Ordnung. Du wirst ein paar blaue Flecken bekommen. Jetzt untersuche ich noch deinen Kopf.“

Er beobachtete, wie Austin vorsichtig ihren Schädel abtastete. „Geht es dir schon ein wenig besser?“, fragte Cole, unfähig noch länger zu schweigen.

„Ja. Vielleicht war ich nur von diesem ganzen Regen überwältigt. Alles ist ein bisschen verschwommen.“

„Erinnerst du dich daran, dass du ausgerutscht und gefallen bist?“, fragte Austin. „Oder daran, dass du dir bei dem Unfall den Kopf angeschlagen hast?“

Cole sah zu, wie sein Bruder seine Finger auf Tulips dichtes zimtfarbenes Haar legte und sie sanft abtastete. Sie hatte schöne Haare. Als Austin sie hinter dem Ohr berührte, zuckte sie zusammen. Er schob ihr Haar beiseite und Cole sah Blut.

„Hier ist es. Ein kleiner Schnitt und eine Quetschung. Ich glaube nicht, dass das von einem Airbag stammt. Erinnerst du dich an einen Sturz?“, fragte Austin.

Sie sah nachdenklich drein. „Ich kann mich nicht daran erinnern, wie ich vom Auto zur Straße gekommen bin.“

Cole wollte ihr helfen, sie sah so verwirrt aus. „Vielleicht ist sie gefallen und hat sich den Kopf angeschlagen und erinnert sich deshalb nicht daran? Sie ist ziemlich geschwankt und als ich sie erreichte, ist sie zusammengebrochen."

Austin blickte ihn an. „Ich denke, genau das ist passiert. Tulip, wir werden dich den Rest der Nacht über beobachten. Um sicherzustellen, dass es keine Komplikationen durch eine Gehirnerschütterung gibt. Jetzt besorgen wir dir erstmal trockene Kleidung und dann lassen wir dich schlafen. Einer von uns wird alle zwei Stunden nach dir sehen, um zu schauen, ob es dir gut geht. Wie klingt das?"

„Ich hasse es, euch beiden zur Last zu fallen, aber ich kann nirgendwo anders hingehen, deswegen werde ich mich einfach bedanken. Ich weiß nicht, was geschehen wäre, wenn du nicht vorbeigekommen wärst, Cole."

„Um ehrlich zu sein, ich auch nicht. Ich bin froh, dass ich die Abkürzung über die Nebenstraßen genommen habe, ansonsten wärst du immer noch dort draußen."

Sie zitterte. „Ich bin so dankbar, dass ich es nicht bin."

„Dein Auto hat wahrscheinlich einen Totalschaden."

„Es ist nicht meins. Es gehört meinem Verlobten – ich meine, Ex-Verlobtem."

„Apropos. Cole sagte, du hast kein Telefon bei dir – möchtest du unser Telefon nutzen, um jemanden anzurufen?"

„Nein..." Sie wurde leiser und lehnte dann ihren Kopf zurück, so als hätte sie das Reden erschöpft.

Wenn Coles Vermutung stimmte und sie eine Braut war, die ihren Bräutigam stehengelassen hatte, dann machte sich ihr Verlobter wahrscheinlich Sorgen um sie und fragte sich, wo sie steckte. Außerdem würde er auch noch herausfinden, dass sein Auto beschädigt war. Wer immer der Typ war, heute war nicht sein Tag. „Bist du sicher, dass du deinen Verlobten nicht anrufen willst? Eins kann ich dir sagen, wenn ich dein Verlobter wäre, würde ich mir Sorgen um dich machen."

Sie öffnete ihre Augen nicht. „Nein, im Moment ist mir nicht danach."

Sie war blass und er drängte sie nicht. „Geht es ihr gut?" Besorgt sah er seinen Bruder an.

„Sie ist noch nicht ganz wieder bei uns. Sie wird wahrscheinlich immer wieder kurz das Bewusstsein verlieren. Sie kann ihre Anrufe morgen tätigen.“ Austin stand auf. „Komm, wir bringen sie ins Gästezimmer. Ich habe es bereits vorbereitet.“

„Ich werde sie tragen.“ Cole ging zu ihr, um sie hochzuheben.

„Ich kann laufen…“, sagte sie mit einer Stimme, die ihn an das schwache Schnurren eines Babykätzchens erinnerte.

„Ich trage dich.“ Er hob sie hoch und hielt sie fest, während sich ihre Augen schlossen, sah jedoch noch, dass Tränen an ihren zimtfarbenen Wimpern glitzerten.

* * *

Tulip wachte nachts in einem nur schwach erleuchteten Schlafzimmer auf. Sie fühlte sich desorientiert, durstig und ihr Kopf brachte sie um den Verstand.

Und sie lag in einem fremden Bett.

Auf einem Tisch neben der Tür stand eine Lampe, die das Zimmer sanft beleuchtete. Sie konnte sehen, dass der angrenzende Raum ein Badezimmer war. Als sie nach unten schaute, bemerkte sie, dass sie nicht länger ihr nasses Hochzeitskleid trug und erinnerte sich vage daran, sich umgezogen zu haben. Sie erinnerte sich an ihren Retter – Cole musste sein Name gewesen sein. Cole mit den goldbraunen Augen und der sanften Stimme.

Er hatte ein paar Mal nach ihr gesehen, seine leise Stimme hatte sie geweckt. Er war nett. Was hätte sie nur getan, wenn er nicht vorbeigekommen wäre? Ihr Magen knurrte und erinnerte sie daran, dass sie seit dem vergangenen Morgen nichts mehr gegessen hatte. Und das war nur ein halbes Stück Toast gewesen, weil ihr Magen aufgewühlt gewesen war.

Sie schwang ihre Beine über die Seite des Bettes und stand dann vorsichtig auf. Der dumpfe Schmerz in ihrem Kopf nahm mit der Bewegung zu. Sie berührte die Beule hinter ihrem Ohr. Der Raum drehte sich ein wenig, als sie einen Schritt nach vorn machte. Das Zimmer neigte sich und sie fühlte sich, als würde sie bergauf gehen und sie war froh, als sie das Badezimmer erreichte.

Sie machte sich nicht die Mühe, das Licht einzuschalten, aus Angst, es könnte sie in den Augen schmerzen. Sie ließ die Tür angelehnt und als sie fertig war, stützte sie sich mit einer Hand an der Wand ab, während sie sich auf die Tür zubewegte, die zum Flur führte.

Sie öffnete die Tür und streckte den Kopf in den Flur hinaus. Ihr Magen knurrte erneut, lauter diesmal. Vor der Hochzeit mochte sie zu nervös gewesen sein, um etwas zu sich zu nehmen, doch augenscheinlich war ihr Appetit mit aller Macht zurückgekehrt.

Etliche Türen gingen vom Flur ab, wie ihr auffiel, als sie ihn entlangging, die Hand stets an einer Wand, um nicht das Gleichgewicht zu verlieren. Am Ende des Flurs fand sie das Wohnzimmer, in dem Coles Bruder sie untersucht hatte.

Eine Lampe beleuchtete den Raum und der Mond schien hell durch eine hohe Fensterfront herein, die sie zuvor nicht bemerkt hatte.

Sie bewunderte den Raum, als sie ihn durchschritt und in die dahinterliegende Küche ging. Sie schaffte es bis an die Kücheninsel und ließ sich auf einen der luxuriösen Barhocker sinken, als sich der Raum um sie herum zu drehen begann. Das Letzte, was sie im

Moment gebrauchen konnte, war, zu Boden zu fallen, sodass der arme Cole sie erneut retten musste. Sie hasste es, anderen zur Last zu fallen und hatte bereits genug Probleme verursacht.

„Hey, geht es dir gut?“ Cole kam in die Küche.

In diesem Moment wurde ihr klar, dass Cole ein gutaussehender Mann war. Er hatte langes dunkles Haar, warme bernsteinfarbene Augen – die im Moment voller Sorge waren – und ein Gesicht, das Mitgefühl ausdrückte. Sie genoss es, ihn anzusehen. Doch sie mochte ihn aufgrund seiner gutherzigen Behandlung. „Hallo.“

„Hallo. Du solltest nicht allein auf den Beinen sein. Als ich kam, um nach dir zu sehen, habe ich mir Sorgen gemacht, als du nicht mehr da warst.“

„Das tut mir leid. Ich fühle mich schlecht, weil ich in deinem Haus herumwandere, aber ich bin am Verhungern. Ich konnte gestern nichts essen, weil ich aufgewühlt war und mein Magen in Aufruhr. Eigentlich habe ich mich schon so gefühlt, seit mein Verlobter mir den Antrag gemacht hat. Aber gestern wurde es dann richtig schrecklich. Schrecklich genug um zu erkennen, dass ich es nicht tun konnte. Wie auch immer, ich brauche etwas zu essen. Ist das okay?“

„Klar. Wir hätten dir etwas angeboten, aber nachdem du dich umgezogen hattest, bist du auf dem Bett ohnmächtig geworden.“

Sie versuchte, sich das ins Gedächtnis zu rufen, aber ihre Erinnerungen waren immer noch etwas unscharf. „Ich kann mich nicht recht daran erinnern. Ich weiß nicht einmal mehr, wie ich diese Klamotten angezogen habe.“

„Nun, ich kann dir versichern, dass du das allein getan hast. Andernfalls hätte ich dich irgendwie aus diesem nassen Hochzeitskleid herausholen müssen, aber ich war erleichtert, dass du für einen Moment klar genug warst, um das selbst zu tun. Auch wenn ich glaube, dass du mein T-Shirt falschherum trägst. Der Texas A&M-Schriftzug soll nach vorne, nicht nach hinten.“ Er grinste sie an.

Sie lächelte. Ihre Kopfschmerzen fühlten sich schon etwas besser an. „Ich glaube, ich war nicht anwesend genug, um zu lesen, was auf der Vorderseite des T-Shirts steht. Ich bin nur froh, dass ich überhaupt eines trage.“

Er blieb an der halb geöffneten Kühlschranktür stehen und warf ihr einen Blick über die Schulter zu. „Ja, das ist gut. Ich wäre wahrscheinlich ein wenig schockiert gewesen, wenn ich eine fremde Frau halbnackt in meinem Haus angetroffen hätte. Wahrscheinlich wäre dir das auch wirklich peinlich gewesen, wenn du wieder zur Besinnung gekommen wärst.“

„Du hast recht. Wow, du kennst mich kaum, aber da hast du recht.“

Er grinste und sah dann zurück in den Kühlschrank. „Okay, also hier haben wir kaltes Hühnchen, für das ich mich verbürgen kann. Ein besseres wirst du nirgends bekommen.“ Er nickte ihr zu. „Rose, unsere Köchin und Haushälterin, macht fantastisches gebratenes Hühnchen. Wie klingt das?“

„Wunderbar. Ich liebe gebratenes Hühnchen. Meine Mutter kann das auch besonders gut. Allerdings hat sie schon lange keins mehr gemacht, aus Angst vor dem Cholesterin. Aber darüber mache ich mir im Moment keine Sorgen. Rück es raus, Cole.“

Er lachte und kam mit dem Teller zu ihr und stellte ihn vor sie auf die Kücheninsel. Er entfernte die Plastikfolie von dem Huhn und legte sie zur Seite. Der Duft war unglaublich und ihr Magen knurrte.

Cole gluckste. „Wow, da hat jemand Hunger. Lass mich der Dame einen Teller bringen."

Er ging zu den Küchenschränken hinüber. Schönen Holzschränken, die mit einer reizenden dunklen Beize bearbeitet worden waren, die beinahe den Ton seiner dunklen Haare traf. Er öffnete den Schrank, holte zwei weiße Teller daraus hervor und kam mit ihnen zu ihr zurück. Der Teller war beinahe ebenso strahlend weiß wie das T-Shirt, das er zu seiner Sporthose trug. Ihr Blick blieb an seinem muskulösen Oberkörper hängen, über den sich das weiße Shirt spannte.

Sie versuchte, nicht an seine Muskeln zu denken, griff nach dem Huhn und legte einen Hühnerschenkel auf ihren Teller.

Er setzte sich neben sie auf einen Barhocker und griff ebenfalls nach einem knusprigen Schenkel. „Tut mir leid – möchtest du etwas zu trinken?" Er stand auf und ging zurück zum Kühlschrank.

„Ich hätte gern etwas Wasser. Deswegen bin ich aufgestanden. Ich war so durstig.“

Er holte zwei Krüge aus dem Kühlschrank und hielt sie empor. „Bist du sicher, dass du nicht lieber gesüßten oder ungesüßten Tee magst? Rose sorgt dafür, dass wir von beidem immer genug dahaben. Oder Orangensaft? Außerdem sind hier noch ein paar Limonaden. Was immer du willst, ich werde es dir besorgen.“

Als er lächelte, wirbelten Schmetterlinge in ihrem Bauch herum.

„Ich nehme Wasser. Ich bin überrascht, dass du ungesüßten Tee im Kühlschrank hast.“

„Rose versucht, uns dazu zu bringen, uns gesünder zu ernähren. Sie hält uns dazu an, tagsüber ungesüßten Tee zu trinken anstelle des gesüßten. Ich bevorzuge ungesüßten Tee, aber meine Brüder verzehren sich nach der süßen Variante, aber da sie hart auf der Ranch arbeiten, schlägt sich dieser nicht um ihre Körpermitte nieder, deswegen ignorieren sie Roses Vorschläge.“

Um seine Mitte hatte sich auch nichts niedergeschlagen, bemerkte sie. „Ich bleibe vorerst bei Wasser, aber danke. Wenn ich Lust auf Tee hätte, würde ich mich auch für den ungesüßten entscheiden."

„Dann Wasser." Er kam mit zwei Gläsern Wasser herüber und setzte sich wieder neben sie.

Wenn sie in dem Auto eingesperrt gewesen wäre, als die Sturzflut kam… der Gedanke kam aus dem Nichts und sie hielt kurz inne, als sie mit der Realität konfrontiert wurde, bevor sie von ihrem Hühnchen abbiss. Sie senkte den Kopf und sprach ein Dankgebet, als ihr klar wurde, dass sie jetzt vielleicht nicht hier wäre, wenn der Herr Cole nicht diese Abkürzung entlanggeschickt hätte. Sie bat Ihn darum, noch ein wenig mehr Geduld mit ihr zu haben und ihr durch die nächsten Tage zu helfen. Denn im Moment waren viele Leute nicht gut auf sie zu sprechen. Sie hatte dieses Szenario der Braut, die sich nicht traut, schon einmal erlebt und nichts daran war so süß wie in den Filmen. Sie hasste das. Und doch kam sie immer wieder in diese Situation.

Sie nahm ihr Huhn und biss davon ab, mit einem Mal fühlte sie sich ein wenig missgestimmt. Sie schaute auf. Cole beobachtete sie.

„Du hast ein Hochzeitskleid getragen. Bist du

weggerannt?“, fragte er sanft.

Sie nickte und seufzte. „Ja, bin ich.“ Sie fühlte sich schrecklich, als sie an den Moment zurückdachte, als sie gewusst hatte, dass sie die Hochzeit nicht würde durchziehen können.

„Was ist passiert? Du siehst aus, als müsstest du darüber reden.“

Sie rieb sich die Schläfe, dann legte sie ihren Ellbogen auf den Tisch und legte die Stirn in ihre Handfläche. „Ich konnte nicht Nein sagen. Wenn ich nur Nein gesagt hätte, dann wäre nichts davon passiert.“ Sie sah zu ihm auf. „Es hat damit begonnen, dass er mich zum Abendessen einlud und als wir ankamen, warteten seine Mutter und seine ganze Familie bereits auf uns. Ich wusste, dass ich in Schwierigkeiten steckte, als drei Geiger herauskamen und uns umringten. Sie spielten ein romantisches Lied und mein Magen begann zu schlingern. In diesem Moment sah ich glasklar vor mir, was geschehen würde, aber bevor ich gehen konnte, fiel er auf ein Knie und stellte mir die Frage. Dort vor seiner kranken Mutter und dem Rest seiner Familie. Wir trafen uns gerade einmal zwei Monate und ich hasste es, ihn zu verletzen. Er hatte bereits eine Demütigung durchgemacht, wie er es nannte, als die letzte Frau, die er gefragt hat, ihn vor allen Leuten ablehnte.“

„Warum hat er es dann noch einmal getan?“

„Ich weiß es nicht! Wenn nur seine kranke Mutter nicht dort gewesen wäre, hätte ich vielleicht Nein sagen können. Aber sie war da und er hatte mir bei einem unserer ersten Dates erzählt, dass sie sterben würde und ich fühlte so mit ihr. Und mit ihm – er war am Boden zerstört. Aber er sagte auch, dass sie sehr aufgebracht reagieren würde, wenn jemand über ihre Krankheit spräche, weswegen ich sie nicht erwähnen solle. Sie sprachen nicht viel darüber. Da ich nicht oft bei ihr war, war es nicht allzu schwer, nichts zu sagen. Doch dann brachte er sie zu diesem Abendessen und machte mir vor ihren Augen einen Antrag und ich konnte nicht Nein sagen.“

„Du wolltest Nein sagen?“

„Das war Teil des Problems. Ich habe mehrmals versucht, mich von ihm zu trennen, denn ich fühlte mich in seiner Gegenwart unwohl und wusste, dass ich ehrlich sein und mich trennen musste. Aber jedes Mal, wenn ich es versuchte, kam es mir so vor, als würde es seiner Mutter schlechter gehen und er war so besorgt, dass ich mich nicht von ihm trennen konnte, wenn er in diesem Zustand war. Und dann machte er den Antrag, in ihrer Gegenwart und der seiner ganzen Familie. Es war eine schreckliche Situation. Ich wollte weder sein Herz noch das seiner Mutter brechen, also sagte ich Ja.“

„Das kommt mir dir gegenüber nicht sehr fair vor.“

Sie biss sich auf die Lippe und fühlte sich schrecklich. „Das dachte ich auch, aber es fühlte sich so falsch an, ihn zu verletzen, wenn er gerade eine so schreckliche Zeit durchmachte. Insbesondere, nachdem er mir erzählt hatte, dass es ihr letzter Wunsch sei, uns verheiratet zu sehen.“ Ihr traten Tränen in die Augen. „Wie du siehst, habe ich den letzten Wunsch einer Sterbenden ignoriert. Ich kann es kaum ertragen, daran zu denken. Wenn ich nur sofort Nein gesagt hätte, wäre es für alle einfacher gewesen. Aber so wie es aussieht, kann ich einfach nicht Nein zu Heiratsanträgen sagen, wenn das den Mann demütigen würde.“

Coles Augen verengten sich. „Du sagst das so, als wäre dies nicht das erste Mal gewesen.“

Sie biss sich fester auf die Lippe und schüttelte langsam den Kopf.

„Im Ernst, bist du mehr als einmal davongelaufen?“

Sie nickte. „Zweimal. Joe hat mich bei einem Baseballspiel der Rangers gefragt. Ich mochte ihn, aber ich war nicht in ihn verliebt. Er liebte die Rangers und wir gingen zu vielen Spielen. Ich mag Baseball, aber so sehr nun auch nicht. Eines Abends während eines Spiels erschienen wir plötzlich auf dem riesigen Bildschirm und unter unserem Bild stand „Willst du mich heiraten?“ Und bevor ich wusste, was los war, ließ er sich auf dem Bildschirm auf ein Knie fallen und streckte mir einen Ring entgegen. Vor all den Leuten. Ich konnte ihm nicht das Herz brechen.“ Sie seufzte. „Am Ende habe ich es dann doch getan und weder er noch seine Familie reden noch mit mir. Es ist schrecklich. Danach zog ich um und eröffnete mein eigenes kleines Geschäft. Und dann habe ich Darwin Simpson getroffen und der Albtraum ging von vorne los.“

KAPITEL DREI

Cole starrte Tulip an. Er hatte derartige große Gesten oder wie immer Frauen so etwas nannten, wenn Männer an öffentlichen Orten wie diesem einer Frau auf einem Großbildfernseher vor tausenden von Menschen einen Heiratsantrag machten, noch nie verstanden. Was sollte eine Frau in dieser Situation tun? Wenn sie ein Herz hatte oder den Kerl nur ein wenig mochte, dann würde sie wahrscheinlich eher Ja sagen, als ihn in Verlegenheit zu bringen. Er selbst fand, dass solche Typen die öffentliche Demütigung verdient hatten, weil sie nicht an die Situation gedacht hatten, in die sie die Frau brachten. Es war etwas anderes, wenn beide vorher schon über die Ehe gesprochen hatten und er wusste, dass sie ihn heiraten wollte; das konnte er schon besser verstehen. Doch beide Typen, die Tulip das angetan hatten, hatten vorschnell gehandelt und es klang, als hätten sie sie in eine Falle locken wollen. Für keinen der beiden Männer empfand er besondere Sympathie.

Besonders nicht für diesen Darwin-Typen, der seine arme kranke Mutter benutzt hatte, um Tulip unter Druck zu setzen, damit sie ihn heiratete. Er wählte seine Worte sorgfältig und sprach nicht all das aus, was er sagen wollte. „Wenn du mich fragst, hätte keiner der beiden einen solchen Druck auf dich ausüben sollen."

Sie legte ihr Huhn ab und widersprüchliche Gefühle huschten über ihr Gesicht. „Das finde ich auch, aber alles, woran ich bei Darwin denken kann, ist seine arme Mutter und wie sie sich nach dem, was ich getan habe, fühlen muss. Sie ist sicher am Boden zerstört. Sie wollte doch nur, dass ihr Junge heiratet, solange sie noch lebt und ihn glücklich wissen. Ihm zufolge hat sie nur noch wenige Monate zu leben."

„Das ist traurig. Was hat sie denn?"

„Das weiß ich nicht genau. Darwin sprach darüber, dass sie sich jede Woche einer Behandlung unterzieht und wie schlecht sie sich deswegen immer fühlt. Sie ist eine äußerst dünne Frau und sah schwach aus, wenn ich sie sah."

„Das ist auf jeden Fall eine schreckliche Sache, aber trotzdem unfair dir gegenüber. Man sollte niemanden aus Mitleid heiraten."

„Ich weiß, aber ich denke, er war verzweifelt."

„Vielleicht, aber das macht es dir gegenüber weder fair noch richtig."

Sie starrte ihn an, als würde sie sich seine Worte zu Herzen nehmen. Das hoffte er, denn sie trug unverdienterweise ein riesiges Gewicht auf ihren Schultern.

„Meiner Meinung nach hat er dich hereingelegt, auch wenn es mich nichts angeht." Warum mischte er sich in ihre Dinge ein, wenn das doch ganz klar nicht seine Angelegenheit war? Normalerweise mischte er sich nicht in die Angelegenheiten anderer ein, doch da war etwas in ihren Augen, das ihn dazu gebracht hatte. Es konnte natürlich an der leichten Gehirnerschütterung liegen, die sie davongetragen hatte, dass ihre Augen so verletzlich aussahen, dass ihn das überwältigende Verlangen überkam, sie zu beschützen und seine übliche

Überzeugung, sich nicht in anderer Leute Dinge einzumischen, davonstieben ließ.

Aus dem Bedürfnis heraus, sie zu trösten, legte er seine Hand auf ihre. Die bloße Berührung ihrer weichen Haut sorgte dafür, dass sein Puls schneller schlug. Ihr Blick traf seinen und für einen Moment vergaß er, was er hatte sagen wollen. Die Uhr an der Wand tickte. Er starrte in diese Augen, die ihm wie tiefgrüne Teiche erschienen, und kam dann, Gott sei Dank, wieder zur Besinnung. „Wahrscheinlich solltest du erstmal aufhören, dir deswegen Sorgen zu machen. Du brauchst Ruhe. In drei Stunden wird es hell und du hast viel durchgemacht. Warum gehst du nicht wieder ins Bett, damit du morgen all das leichter sortieren kannst?“

Sie nickte langsam, ihr Blick hielt seinen weiterhin fest und er fragte sich, ob sie immer noch mit der Gehirnerschütterung kämpfte oder ob sie nur versuchte, seine offenen Worte über ihren Ex-Verlobten zu verarbeiten. Sie kniff die Lippen zusammen und sein Blick fiel auf ihre weichen, sanft geformten Lippen. Als er realisierte, was er tat, brachte er seinen Blick rasch wieder zurück zu ihren Augen, aber die Gedanken daran, wie gern er sie küssen wollte, blieben. Was dachte er da nur?

Er zog seine Hand von ihrer fort. „Hast du genug gegessen?“

„Das habe ich, danke. Und du hast recht, ich muss versuchen, noch etwas zu schlafen. Und das musst du auch. Danke nochmal.“

„Du brauchst dich nicht bei mir zu bedanken. Lass mich dir helfen, zurück ins Bett zu kommen. Morgen werden die Dinge schon besser aussehen. Die Sonne wird aufgehen, ob wir es wollen oder nicht, was immer gut ist, und wahrscheinlich wirst du dann schon positiver denken. Austin meinte, dass deine fehlenden Erinnerungen wahrscheinlich irgendwann wieder auftauchen. Er wird am Morgen nach dir sehen, wenn er aus dem Krankenhaus zurück ist. Du wirst nicht allein sein. Wir werden uns darum kümmern, dein Auto zu bergen und dir helfen, nach Hause zurückzukehren.“

„Ich weiß nicht, was ich getan hätte, wenn du mich nicht gefunden hättest. Du und Austin seid wunderbar.“ Sie stand auf und mit einem Mal kräuselten sich ihre Brauen. „Mir ist gerade aufgefallen, dass ich nicht einmal weiß, wo ich bin. In welcher Stadt bin ich?“

Er grinste, als er den Teller mit dem Rest des Hühnchens zurück zum Kühlschrank trug und ihn darin verstaute. „Ob du es glaubst oder nicht, du bist auf unserer Ranch, die ein wenig außerhalb von True Love, Texas liegt.“

„True Love? Oh, davon habe ich gehört. Eine kleine Stadt, oder?“

„Sie ist winzig, aber unser Zuhause. Hill Country ist voll solch kleiner Gemeinden. Es leben nur etwas eintausend Menschen innerhalb der Stadtgrenzen, aber die Bevölkerung der Umgebung ist groß genug, um ein Restaurant, ein kleines Lebensmittelgeschäft und einige andere Geschäfte zu unterhalten. Cowboys müssen essen und Lebensmittel kaufen.“

„Das klingt wirklich klein. Was machst du so?“

Er hatte ihren Ellbogen genommen und half ihr nun, den Flur entlang zurückzugehen. „Ich bin ein Rancher, der ab und zu ganz gerne Dinge baut. Wie diese Schränke. Ich arbeite gerne mit meinen Händen und mache Holzarbeiten.“

„Ich habe diese Schränke vorhin bewundert, als sie

mir aufgefallen sind. Sie sind schön. Du leistest außergewöhnliche Arbeit."

„Vielen Dank. Ich beschäftige mich gern damit." Er sah keine Notwendigkeit dafür, ihr zu sagen, dass die Schränke nur ein Hobby waren und dass die Arbeit auf der Ranch sein eigentlicher Job war.

„Es ist immer schön, wenn Menschen von dem leben können, was sie lieben. In dieser Hinsicht bin ich gesegnet. Obwohl mein Geschäft noch klein ist und erst wachsen muss, so komme ich doch klar."

„Was machst du?"

„Ich besitze ein kleines Landschaftsbauunternehmen. Ich entwerfe wunderschöne Hinterhöfe und Vorgärten und ich liebe es."

„Musst du morgen dort arbeiten?"

„Nein, ich habe keine Termine in den kommenden drei Wochen. Darwin wollte, dass ich mir für die Flitterwochen eine Woche frei nehme und dann noch ein paar Wochen dranhänge, um mich in seinem Leben einzufinden. Er möchte wirklich, dass ich mein Geschäft aufgebe. Nun, er wollte, dass ich… Ich bin ganz durcheinander. Ich bringe die Sachen, die ich hätte machen sollen mit denen durcheinander, die jetzt geschehen werden.“

„Du bist müde.“ Er blieb an ihrer Tür stehen. „Gönn dir etwas Ruhe. Wir können morgen darüber sprechen, wenn du willst. Es geht mich ja nicht wirklich etwas an.“

„Okay. Ich glaube, ich könnte einen ganzen Monat durchschlafen.“

Er sah zu, wie sie ins Zimmer ging und starrte auf die sich schließende Tür, dann drehte er sich um und ging langsam den Flur entlang zu seinem Zimmer. Seine Gedanken waren bei all dem, was sie über ihren Verlobten gesagt hatte. Der Trottel hatte sie beschwatzt, ihn zu heiraten, indem er ihr vor seiner kranken Mutter einen Antrag gemacht hatte und dann hatte er auch noch gewollt, dass sie ihr Geschäft aufgab. Auch das ging ihn nichts an, aber Cole mochte den Kerl nicht. Nicht im Geringsten.

* * *

Ein paar Stunden, nachdem sie mit Cole in der Küche

Hühnchen gegessen hatte, rutschte Tulip in eine sitzende Position. Ihre Unterhaltung ging ihr noch im Kopf herum, als sie den Raum nun bei Tageslicht betrachtete. Das Zimmer war wunderschön, die Wände waren vanillefarben gestrichen, die Vorhänge in Jadegrün passten hervorragend zu der Steppdecke in Creme, Braun und Jade.

Der taubengraue Stuhl in der Ecke sah perfekt dafür geeignet aus, um sich mit einem guten Buch darin zusammenzurollen. Und die weiche jadegrüne Decke, die über seiner Lehne hing, komplettierte das Farbschema des Zimmers.

Ein Klopfen an der Tür beanspruchte ihre Aufmerksamkeit.

„Herein.“ Sie strich sich die Haare glatt in der Erwartung, dass Cole den Raum betreten würde. Ihr Puls beschleunigte sich, normalisierte sich dann aber wieder, als Austin mit einem Lächeln auf dem hübschen Gesicht eintrat. Die Tatsache, dass sie enttäuscht war, versetzte sie in Alarmbereitschaft. Was für ein Mensch war sie, dass sie, direkt nachdem sie einem Mann davongelaufen war, die Gesellschaft eines anderen

Mannes genoss? Aber er hat mich gerettet. Genau, das musste es sein.

Austin sah erschöpft aus. „Guten Morgen. Du siehst schon viel besser aus. Wie fühlst du dich?“

„Besser, danke. Ich habe viel geschlafen, auch wenn ich mich gegen drei Uhr morgens mit Cole in der Küche über ein Hühnchen hergemacht habe.“

Er lächelte. „Cole hat mir davon erzählt. Er meinte, du bewegst dich schon sicherer und denkst zielgerichteter als zuvor.“

„Ja, bis ich müde wurde und abzuschweifen begann. Aber mein Kopf fühlt sich schon viel klarer an.“

„Das klingt vielversprechend. Ich werde mir deine Augen ansehen.“ Er beugte sich vor. Mit seiner Taschenlampe untersuchte er ihre Augen und stellte ein paar Fragen, die sie zum Glück beantworten konnte. „Das sieht gut aus. Hast du Probleme beim Atmen?“

„Nein. Mir tut immer noch alles weh, an den Stellen, wo mich der Sicherheitsgurt gehalten hat, aber es geht mir gut.“

„Sehr gut. Kannst du alleine aufstehen?“

Sie stellte ihre Füße auf den Boden und stand dann

langsam auf. Der Raum drehte sich nicht. „Nichts bewegt sich.“ Beinahe hätte sie vor Erleichterung gelacht.

„Das ist großartig. Dann denke ich, dass du in Ordnung bist. Ich würde dir raten, in dieser Woche noch einmal bei deinem Hausarzt vorbeizugehen. Cole wird dich heute nach Hause bringen. Also ruf deinen Arzt am besten gleich noch an und mache mit ihm etwas aus.“

„Das werde ich.“

Er lächelte sie an. „Perfekt.“

Die Haut um seine Augen kräuselte sich und erneut dachte sie, wie erschöpft er aussah.

„Du siehst müde aus.“

„Das bin ich. Ich musste letzte Nacht nach einem Patienten sehen, es kam zu Komplikationen, deswegen habe ich noch nicht geschlafen.“

„Ich hoffe, es geht ihm gut.“

„Er hat es leider nicht geschafft. Ich musste seine Familie unterrichten. Es war herzzerreißend.“

„Das tut mir so leid.“

Er sah nachdenklich drein und nickte dann. „Mir auch. Tulip, es war wirklich nett, dich kennenzulernen.

Ich hoffe, du passt auf dich auf und ich hoffe, dass du eines Tages den Mann findest, der zu dir passt, und vor dem du nicht davonläufst."

„Vielen Dank. Ich werde dich und Cole nie vergessen."

„Ich dich auch nicht."

Gefühle verstopften ihr den Hals und sie schlang ihre Arme um Austin. „Danke."

Er tätschelte ihr den Rücken und sie zog sich zurück. Er lächelte und ging dann zur Tür hinaus, hielt aber inne, um sie noch einmal anzusehen. „Noch eine Sache, Tulip. Du bist untergewichtig und ich gehe mal davon aus, dass du weggelaufen sein musst, weil du in diesem Hochzeitskleid stecktest?"

„Ja." Es überraschte sie, dass Cole ihm das nicht gesagt hatte.

„Das dachte ich mir. Lass mich dir als Arzt sagen, dass etwas nicht stimmte, wenn du wegen der Hochzeit so besorgt warst, dass du davongelaufen bist und nichts gegessen hast. Ohne die Einzelheiten zu kennen und nur aufgrund meiner begrenzten Beobachtungen denke ich, dass du wahrscheinlich die richtige Entscheidung getroffen hast. Wenn du jemals etwas brauchst, weißt du, wo du uns findest. Bitte uns um Hilfe, wenn du etwas benötigst. Cole wird dir unsere Nummer geben, bevor er dich zu Hause absetzt."

Wie nett war das? „Ja. Und danke", brachte sie gerade so heraus, während sie gegen die Tränen ankämpfte. „Austin, danke. Falls wir uns nicht wiedersehen, stehe ich für immer in deiner Schuld. Und bitte sende mir eine Rechnung – ich lasse euch meine Adresse da."

„Keine Rechnung. Ich habe einfach getan, was eine sehr nette Person nötig hatte. Ich wünsche dir alles Glück der Welt."

„Du bist genauso nett wie dein Bruder Cole. Ihr seid meine Engel."

„Ich bin nur froh, dass Cole dich gefunden hat und ich hier war, um zu helfen."

Sie starrte auf die Tür, nachdem er sie geschlossen hatte. Dann ging sie seufzend ins Badezimmer und starrte sich im Spiegel an. Ach du meine Güte, sie sah schrecklich aus!

Ein blasser, aber doch deutlich sichtbarer blauer

Bluterguss umgab ihre Augen und würde wahrscheinlich bald lila werden. Sie hatte gewusst, dass ihr Gesicht ein bisschen was vom Airbag abbekommen hatte, aber als Austin ihr Gesicht untersucht hatte, hatte er den blauen Fleck nicht erwähnt, sondern nur gesagt, dass alles gut aussah und nichts gebrochen sei.

„Ach je.“ Sie stöhnte. Sie sah aus, als hätte sie jemand geschlagen.

Und sie hatte gedacht, dass sie es lediglich mit einer schmerzenden Stelle hinter dem Ohr zu tun hatte und war dankbar gewesen, dass die nicht mehr so schlimm pochte wie zuvor.

Sie konnte kaum glauben, dass weder Cole noch Austin sie auf die blauen Flecken hingewiesen hatten. Andererseits hatten sie wahrscheinlich angenommen, dass sie sie im Spiegel gesehen hatte und nicht gewollt, dass sie sich noch schlechter fühlte als sie es bereits tat. Nur das sie sich bis zu diesem Zeitpunkt gar nicht schlecht gefühlt hatte, weil sie nicht in den Spiegel geschaut hatte.

Wow, einfach wow. Der Airbag hatte ihr wahrscheinlich das Leben gerettet, aber er hatte sie auch ordentlich lädiert. Sie starrte in den Spiegel und seufzte. Dann bemerkte sie, dass Cole recht hatte und sie das Shirt tatsächlich falsch herum anhatte. Sie zog es richtig herum an und fand dann ein paar unbenutzte Zahnbürsten und Zahnpasta in der obersten Schublade des Badezimmerschranks und nahm eine heraus. Kurz darauf machte sie sich mit sauberen Zähnen und korrekt sitzendem T-Shirt auf die Suche nach Cole. Hoffentlich bekam sie erneut etwas zu essen. Wenn sie so weitermachte, wären die fünf Kilo, die sie während der Verlobungszeit verloren hatte, in kürzester Zeit wieder drauf. Doch das scherte sie nicht, sie war so unglaublich hungrig.

Und sie freute sich darauf, Cole wiederzusehen.

Vielleicht würde sie ihn jetzt, da sie wieder klarer zu denken schien, nicht mehr so wunderschön finden wie am vergangenen Abend. Aber selbst, wenn sie es doch täte, sie würde immun dagegen sein, erklärte die Stimme in ihrem Kopf. Selbst wenn er das Beste wäre seit der Erfindung ihrer geliebten Mandelschokolade, wäre sie nicht interessiert.

Sie und Dating passten nicht zusammen.

Solange sie keinen Weg gefunden hatte, Nein zu Heiratsanträgen zu sagen, egal wie sehr es den Kerl auch verletzten mochte, würde sie keine noch so unschuldige Verabredung riskieren.

Sie würde kein Risiko eingehen, dass so etwas noch einmal geschah.

Das bedeutete, dass es nicht in Frage kam, sich in ihren gutaussehenden Retter zu verlieben, auch wenn sie sich nicht vorstellen konnte, dass Cole etwas so Unorthodoxes tun würde, wie sie zu bitten, ihn zu heiraten. Sie hatte keinerlei Veranlassung, so an ihn zu denken.

Nein, sie war höchstwahrscheinlich dazu verdammt, für den Rest ihres Lebens Single zu bleiben, weil sie ein Feigling war. Als sie in die Küche ging, wurde ihr klar, dass sie einen Tutor brauchte. Jemanden, der ihr beibrachte, wie man Nein sagte, in jeder Situation, auch wenn sie den Kerl nicht liebte, der die Frage stellte. Ob sie nun Mitleid mit ihm hatte oder nicht.

KAPITEL VIER

Cole schaute zweimal hin, als sie die Küche betrat. „Ja, mein Gesicht ist blau. Und keiner von euch beiden hat mir das gesagt."

„Ich nahm an, dass du das weißt, aber letzte Nacht sahst du auch noch nicht *so* lädiert aus. Schmerzt es?"

„Es pocht ein bisschen, aber es geht. Ich habe mich bloß erschrocken, als ich mein Gesicht im Spiegel gesehen habe. Ich weiß, es sieht furchtbar aus, aber ich bin dankbar dafür, am Leben zu sein. Vorher ist es mir nicht aufgefallen, weil ich das große Licht im Badezimmer nicht eingeschaltet hatte. Das Licht, das durch die Schlafzimmerlampe ins Bad fiel, reichte nicht aus, um die blauen Flecken zu offenbaren."

„Letzte Nacht war es nur ein schwacher blauer Schimmer und ich fand es nicht erwähnenswert. Dir ging genug im Kopf herum. Außerdem meintest du, dass dein Gesicht schmerzt und ich nahm an, du wüsstest, dass du ein paar Blutergüsse im Gesicht hast. Aber das ist nicht schlimm, sie werden verblassen. Die Leute werden es verstehen, wenn du ihnen sagst, dass du von einem Airbag getroffen wurdest. Das ist normal. Ich wette, es schmerzt auch da, wo der Sicherheitsgurt saß."

„Ja, tut es. Wahrscheinlich hat er mich an Ort und Stelle gehalten, als ich gegen den Baum geprallt bin. Austin meinte, dass nichts gebrochen sei, das ist gut."

„Ja, ist es. Ein Kumpel von mir hat sich mal das Schlüsselbein gebrochen wegen eines Gurtes. Wie auch immer, du bist sicher hungrig. Ich habe draußen alles vorbereitet. Ich dachte, du würdest dich über frische Luft freuen."

„Das klingt wunderbar. Danke." Sie ging zur Tür, als er diese für sie öffnete.

Er war stolz auf sich; er hatte Platzdeckchen auf dem Tisch verteilt und das Besteck daraufgelegt. Seine Mutter wäre stolz auf ihn. Er und seine Brüder scherten sich nicht um Platzdeckchen, aber er wusste, dass es seiner Mutter immer wichtig gewesen war, den Tisch hübsch für Gäste zu decken, also hatte er es versucht. Als Tulip nun innehielt, den hübschen Mund vor Überraschung verzogen und die roten Platzdeckchen, das weiße Geschirr und die von silbernen Serviettenringen mit einem Texas-Stern darauf umfassten Servietten sowie das Tafelsilber betrachtete, da war er froh, dass er es getan hatte. Und dann waren da noch die Rosen, die er von einem der vielen Rosensträucher gepflückt hatte, die seine Mutter gepflanzt hatte… und die er vernachlässigt hatte, seit sie sich nicht mehr um sie kümmerte. Er hatte kaum einen Gedanken an ihren Garten verschwendet, seit er und Austin im Haupthaus lebten.

„Wie hübsch. Du hättest dir nicht all die Mühe machen müssen."

Sie starrte ihn an, als ob er ein Außerirdischer wäre oder so, und das brachte ihn zum Lachen. Er kam sich ein bisschen wie einer vor.

„Der Einfluss meiner Mutter. Außerdem dachte ich mir, dass du nach dem, was du durchgemacht hast, einen hübsch gedeckten Tisch verdient hättest, anstatt wie heute Nacht kaltes Hühnchen von einem Teller direkt aus dem Kühlschrank zu essen.“

Ihre Augen funkelten. „Ich habe das Huhn genossen. Aber das hier geht über alles hinaus, was du hättest tun müssen.“

„Bitte, setz dich. Ich habe nur den Tisch gedeckt. Essen gibt es natürlich auch. Ich verspreche dir, es waren nur ein paar zusätzliche Schritte nötig, nachdem ich das Frühstück vorbereitet hatte. Und deine Augen nun einmal funkeln zu sehen, anstatt benommen und verwirrt, war den Aufwand allemal wert.“

Ihre Hand fuhr zu ihrem Kiefer und sie lächelte noch etwas breiter. „Gut. Ich fühle mich äußerst verwöhnt, also Mission erfüllt.“ Sie setzte sich und legte die Hände in den Schoß.

„Ich habe Austin gegenüber erwähnt, dass du ein wenig unterernährt aussiehst und das ist nicht beleidigend gemeint. Ich war nur besorgt, weil du mir erzählt hattest, dass du nichts gegessen hast. Er machte sich auch Sorgen. Also habe ich einen riesigen Berg an Speck und Eiern vorbereitet. Und hier liegen ein paar Fertig-Zimtschnecken, wir Jungs lieben sie und ich dachte, dir könnten sie auch schmecken.“

Sie stellte ihren Ellbogen auf den Tisch und legte ihr Kinn in die Handfläche. „Er hat es erwähnt. Ich habe ihm gesagt, dass ich seit dem Antrag keinen großen Appetit verspürt und ungefähr zehn Pfund abgenommen habe. Doch jetzt ist mein Appetit zurück. Er meinte, dass es wahrscheinlich die richtige Entscheidung war, die Hochzeit abzusagen, wenn ich mir deswegen so große Sorgen gemacht habe."

„Ich stimme dir vollkommen zu, nach allem, was du mir erzählt hast. Aber irgendwann wirst du dich damit auseinandersetzen müssen, das weißt du."

Sie seufzte. „Aber nicht, bevor ich nicht Kaffee hatte."

Er lachte und griff nach der silbernen Karaffe mit Kaffee und schenkte ihr eine Tasse ein.

„Du bist ein erstaunlicher Mann, Cole."

„Da würde dir wahrscheinlich nicht jeder recht geben, aber es freut mich, dass ich dich beeindrucken konnte." Er grinste und genoss das Vergnügen, das es ihm bereitete, ihr dabei zuzusehen, wie sie ihre Hände um den warmen Becher legte und tief einatmete.

„Danke", sagte sie und trank vorsichtig den ersten

Schluck.

So wie sie aussah, bereitete ihr ihr Gesicht Schmerzen. Er fühlte mit ihr, aber ihre Augen waren jetzt am Morgen schon klarer; sie waren funkelnd grün und besaßen die Farbe grüner Äpfel. Mit den zimtfarbenen Haaren und den Sommersprossen auf der Nase wirkte sie auf natürliche Weise wunderschön.

Er setzte sich an den Tisch und hob den Deckel des Serviertellers. „Wenn du gegessen hast, werden wir nach deinem Auto schauen und überprüfen, ob es fortgespült wurde oder noch da ist. Wir rufen den Abschleppdienst an, sobald wir wissen, was geschehen ist. Und den Constable von True Love, falls jemand anders das Auto entdeckt und gemeldet hat. Da es deinem Ex-Verlobten gehört, solltest du ihn vielleicht anrufen und in Kenntnis setzen. Ansonsten rufen sie ihn wahrscheinlich an."

„Du verdirbst mir den Appetit."

Sie nippte immer noch an ihrem Kaffee, daher legte er ihr eine Zimtschnecke auf den Teller und hoffte, dass sie die fetthaltige Speise essen würde. Dann fügte er der Süßigkeit noch mehrere Stücke Speck, eine großzügige

Portion Rührei und einen Löffel würziger Kartoffelecken hinzu. Vielleicht würde sie sich verpflichtet fühlen, alles zu essen, was er ihr auf den Teller gehäuft hatte.

„Das sind die Fakten.“ Er zwinkerte ihr zu. „Alles wird sich finden, Tulip.“

„Ich weiß. Und, meine Güte, Junge, Junge, ich sehe, dass du mich mit einer einzigen Mahlzeit mästen willst.“ Sie starrte auf ihren Teller und lachte dann. „Aber es sieht köstlich aus.“

„Und du kannst es gebrauchen.“

Sie stellte ihren Kaffee ab und griff nach der Gabel. „Du hast recht.“ Als Erstes schnitt sie die Zimtschnecke an und nahm einen Bissen. Sie schloss unwillkürlich die Augen, als sie mit glückseligem Gesichtsausdruck zu kauen begann.

Er schluckte, dann riss er den Blick gewaltsam von ihr los und schob sich selbst ein Stück der Süßigkeit in den Mund. Er liebte sie und konzentrierte sich auf den buttrig-süßen Geschmack – das war deutlich besser, als sie anzustarren.

„Du hast recht, die sind köstlich. Auch wenn es

Fertigprodukte sind. Erwärmt und mit diesem süßen Zuckerguss darauf sind sie so köstlich, dass ich noch eine zweite essen könnte."

„Dann los. Das habe ich gehofft."

Sie widmeten sich beide ihrem Essen, während sie nur wenig redeten. Er wollte sie nicht vom Essen abhalten, also versuchte er, sie nicht zu sehr in Anspruch zu nehmen.

Nach einer Weile legte sie ihre Gabel nieder und griff wieder nach ihrer Kaffeetasse. „Ich muss eine Verschnaufpause einlegen, anschließend vernichte ich die zweite Zimtschnecke."

Er lachte und legte sie ihr bereits ermutigend auf den Teller.

„Ich schätze, ich kann deine Sporthose und das Shirt tragen, wenn wir nach dem Auto sehen. Ich versinke in ihr, aber ich habe die Bänder so eng gezogen, dass sie sitzen bleibt und nicht herabrutscht, und für ungewollte Ansichten sorgt. Meine Unterwäsche ist wahrscheinlich ebenso durchnässt wie mein Hochzeitskleid."

Er gluckste. Diese Frau brachte ihn zum Lachen.

„Nun, ehrlich gesagt habe ich sie letzte Nacht in den Trockner geworfen."

„Hast du?" Sie errötete. „Unangenehm, aber großartig."

„Ja, entschuldige. Ich dachte, du würdest sie vielleicht brauchen."

„Richtig. Mit diesem weiten T-Shirt sehe ich zwar nicht zu unangemessen aus, aber ich würde meinen BH trotzdem gern tragen. Tut mir leid, dass wir schon wieder über meine ganz persönlichen Belange reden."

Er lächelte schief. „Du siehst nicht unangemessen aus. Ich dachte nur, du willst sie vielleicht tragen, deswegen habe ich mich darum gekümmert. Zurück zu deinen Klamotten, mein Bruder Levi ist gerade bei Walmart und bringt dir ein paar Sachen mit. Er hat sich angeboten, das für dich zu tun, als er hörte, was geschehen ist."

„Das ist so nett…"

Wie aufs Stichwort betrat Levi die Terrasse. „Habe ich meinen Namen gehört?" Er trug eine Plastiktüte. Außerdem hielt Levi eine Zeitung in der Hand – beziehungsweise eine dieser Klatschzeitschriften, die im Kassenbereich von Läden herumlagen, wie Cole vermutete. Bei diesem Anblick zuckte er zusammen.

„Hey, Levi, wie bestellt. Tulip Jones, das ist mein jüngerer Bruder Levi.“

„Hallo Tulip, freut mich, dich kennenzulernen.“ Levi tippte sich an den Hut und warf ihr sein halbes Grinsen zu, wegen dem ihm die Frauen hinterherliefen.

„Es ist schön, dich kennenzulernen, Levi.“ Tulip sah mit ihren großen grünen Augen zu seinem Bruder auf und nun war es an Levi, sie überrascht anzusehen und sie anzustarren.

„Ähm, finde ich auch. Das mir dem Unfall tut mir leid. Es ist eine Schande, all diese blauen Flecken auf deinem hübschen Gesicht. Ich hoffe, es tut nicht allzu weh.“

Sie schüttelte den Kopf. „Es geht. Mein Gesicht würde wahrscheinlich sehr viel mehr schmerzen, wenn ich damit direkt auf etwas getroffen wäre. Im Moment ist es ertragbar.“

Levi lachte. „Nun, das ist gut zu wissen.“

Cole verspürte einen Anflug von Eifersucht, den er nicht spüren sollte und räusperte sich. „Levi, hast du die

Klamotten bekommen?“

Levi riss seinen Blick von Tulip los und sah Cole an. Der Gesichtsausdruck seines Bruders verriet ihm, dass Levi wusste, dass Cole nicht glücklich darüber war, wie er ihren Gast anstarrte.

„Aber klar.“ Er blickte zurück zu Tulip. „Ich bin froh, dass mein Bruder letzte Nacht dort vorbeigekommen ist und dich gerettet hat. Wir hätten heute nicht gern irgendwelche düsteren Nachrichten in der Zeitung gelesen.“

„Das bin ich auch. Ich sage ihm immer wieder, dass er mein Engel ist und Austin auch. Und jetzt du, weil du mir diese Klamotten gebracht hast. Ich bin überglücklich, sie zu haben.“

Levi grinste und ein Grübchen zeigte sich auf seiner linken Wange, während seine Augen tanzten. „Es freut mich, dich glücklich zu machen. Was dich betrifft, großer Bruder, so hasse ich es, dir mitteilen zu müssen, dass du es mal wieder in die Schlagzeilen geschafft hast.“ Er zog das gefaltete Heft unter seinem Arm hervor und warf es vor Cole auf den Tisch. Es war in der Tat eine Boulevardzeitung.

Cole stieß das sauer auf. Praktisch die gesamte Titelseite wurde von einem Bild Coles eingenommen, der gerade vom roten Strumpfband der Braut im Gesicht getroffen wurde. Jemand hatte eine äußerst schockiert dreinblickende Shelly Duncan ins Bild montiert. Die miese Schlagzeile lautete: Lokaler milliardenschwerer Cowboy und dessen Verlobte, die Fernsehberühmtheit Shelly Duncan, hatten am gestrigen Abend auf einer Hochzeit Streit wegen eigener bevorstehender Hochzeit.

Cole zügelte sein Temperament, als Tulip plötzlich ein Keuchen entwich. „Daher kenne ich dich! Du bist Cole Tanner, der Milliardärs-Cowboy, der mit Shelly Duncan, der Moderatorin von Good Morning Hill Country, zusammen ist.“ Mit großen Augen blickte sie ihn an, so als würde sie ihn plötzlich in einem anderen Licht sehen.

Aus diesem Grund hatte er seinen Nachnamen nicht erwähnt. Er wollte, dass sie ihn für eine Weile einfach als bodenständigen Jungen aus True Love, Texas, betrachtete. Aber ihre Reaktion vertrug sich nicht gut mit seinem ohnehin aufgewühlten Magen.

„Ja, das bin ich“, sagte er steif.

Levi lachte. „Mein großer Bruder, der mit einer lokalen Berühmtheit zusammen ist. Ich habe ihn gewarnt, dass das keine gute Idee ist. Wir alle mögen es nicht, wenn die Paparazzi hinter uns herjagen und dann geht er trotzdem los und verabredet sich mit ihr, dann trennt er sich von ihr und sorgt auch noch dafür, dass… sein Gesicht auf jedem Klatschmagazin an der Kasse zu sehen ist.“

„Levi“, sagte er warnend, während er sich darum bemühte, sein Temperament in Schach zu halten.

Sein Bruder beachtete die Warnung nicht. „Ich kann diese Geier nicht leiden. Ich bin mir sicher, du würdest mir zustimmen, Tulip, wenn sie jemals hinter dir her gewesen wären. Sie sind schlimmer als Flöhe. Sie gehen mir unter die Haut und sorgen dafür, dass es mich überall juckt.“

Tulips Mund bewegte sich, doch kein Wort kam heraus, als sie Cole anstarrte. Sie versuchte es erneut. „Mir fehlen die Worte. Ich dachte, du wärst nur ein Cowboy.“

Er hielt ihren Blick fest. „Das ist genau die

Reaktion, die ich nicht mag, wenn jemand herausfindet, wer ich bin. Ich bin trotzdem derselbe Typ, der dich letzte Nacht gerettet hat. Nur ein Cowboy, der vorbeikam und eine gute Tat vollbrachte.“

Entsetzt sah sie ihn an. „Es tut mir leid, ich war nur überrascht. Ich wollte nicht so schockiert reagieren.“

Cole bemühte sich, nicht enttäuscht über ihre Reaktion auf die Enthüllung seiner Person zu reagieren, aber das war genau die Reaktion, die er nicht ertrug. Und er hatte noch gedacht, dass sie vielleicht, nur vielleicht, anders sein würde.

„Ja, genau so etwas passiert, wenn man mit einer Berühmtheit ausgeht. Wie auch immer, genug von mir. Ich habe Levi instruiert, welche Größe du meiner Meinung nach trägst und ihn gebeten, Kleidung in Größe S zu besorgen. Hoffentlich findest du in dieser Tüte etwas, das passt. Ich muss noch ein paar Anrufe tätigen und komme dann zurück, wenn du aufgegessen und dich umgezogen hast. Dann sehen wir nach deinem Wagen. Anschließend bringe ich dich nach Hause.“

Mit diesen Worten stand er auf, drehte sich um und verließ den Raum. Er spürte Tulips Blick im Rücken, als er ging. Alles in ihm schrie danach, sich umzudrehen und zu ihr zurückzugehen, aber er brauchte den Abstand zwischen ihnen. Er musste wieder zur Vernunft kommen.

Wenn es eine Sache gab, die er noch mehr hasste als unwahre Klatschgeschichten, dann waren es Menschen, die ihn anders behandelten, wenn sie erfuhren, wer er war.

KAPITEL FÜNF

Tulip blickte Cole hinterher, als dieser ins Haus ging, verwirrt wegen dem, was gerade geschehen war. Sie richtete ihren Blick erneut auf Levi. Dieser schaute von der Tür zurück zu ihr und sah so fasziniert drein, als würde er gerade seine Lieblingssendung im Fernsehen verfolgen.

„Habe ich ihn gerade wütend gemacht?“ Schon der Gedanke daran machte sie krank.

Levi stieß einen langen Atemzug aus und griff nach einem Stück Speck. „Ja. Du hast eine empfindliche Stelle getroffen. Wenn es eine Sache gibt, die mein Bruder nicht ausstehen kann, dann ist es, wenn jemand anders über ihn denkt oder ihn anders behandelt, nachdem er erfahren hat, wer er ist. Du weißt schon, wegen all dem Geld. Er kann das nicht ausstehen.“

„Aber ich war schockiert, weil ich endlich die Verbindung zu dem Mann herstellte, der mit der Moderatorin dieser Morgensendung ausgeht. Die schaue ich für gewöhnlich jeden Morgen. Es hatte nichts mit Geld zu tun."

Nun ja, vielleicht ein wenig. Diese Männer waren Milliardäre und sie empfand das gelinde gesagt als Überraschung, denn sie waren so bodenständig aufgetreten, dass sie niemals geahnt hätte, wer sie waren. Auch das Aussehen der Ranch hatte keine Rückschlüsse darauf zugelassen. Sie sah aus wie eine normale Ranch – nicht extravagant – voll fleißiger Cowboys und Viehherden.

„Er ist ein guter Kerl", versicherte Levi ihr. „Ich weiß, dass alles wieder okay ist, wenn du es ihm erklärst. Also sprich einfach mit ihm."

„Das hoffe ich. Er war so unglaublich nett zu mir. Aber um ehrlich zu sein, ist es nicht so, dass ich jeden Tag Milliardäre treffe. Darwin, mein Ex-Verlobter – er hatte Geld. Nicht annähernd eine Milliarde, aber er mochte es, wenn die Leute das wussten. Ich bin nicht die Art Mensch, die die Leute anders behandelt, wenn sie erfährt, dass sie Geld haben oder eben auch nicht. Es ist mir eigentlich egal. Ich war nur überrascht, dass er der Typ ist, der mit Shelly ausgegangen ist. Ich hatte ihn in der Zeitung gesehen. Ich grabe das Loch immer tiefer, oder?“

Levi lachte und seine Augen funkelten. „Du bist in Ordnung. Aber lass mich dir einen Rat geben. Mein Bruder neigt dazu, ein bisschen ernst zu sein, aber er ist nicht nachtragend, also wird es keine Probleme geben. Nach dem zu urteilen, was er mir erzählt hat, bist du ein guter Mensch. Er ist wegen dieser Shelly-Sache lediglich etwas aufgewühlt. Zwischen ihnen ist alles gesagt und das mag sie nicht. Es ist mir egal, was diese Boulevardzeitungen schreiben – nichts davon entspricht der Wahrheit. Du kannst mir glauben, seit wir vor fünf Jahren über Nacht zu Milliardären wurden, hat es jeder von uns erlebt, dass verzerrte, unwahre Titelgeschichten über ihn geschrieben wurden. Sie schießen ein Bild, bearbeiten es wie sie wollen und schreiben dann, was sie wollen, um das Drama zu kreieren, das sie wollen. Shelly war nicht einmal auf der Hochzeit, auf der er gestern Abend war, aber dieser Artikel stellt es so hin, als wäre sie dort gewesen und es hätte eine furchtbare Auseinandersetzung gegeben."

„Wirklich?"

„Ließ es. Es ist unterhaltsam, aber völlig an den Haaren herbeigezogen. Das Einzige, was wirklich passiert ist, war, dass er das Strumpfband abbekommen hat, als er ging, um den Reportern aus dem Weg zu gehen. Trotzdem haben sie sich eine Geschichte ausgedacht."

„Das ist einfach nur falsch. Ich wette, es war ein Schock, über Nacht Milliardär zu werden."

„Oh, ja das war es auf jeden Fall. Wir sind nach wie vor nicht wie andere Milliardäre. Wir betreiben die Ranch noch immer genauso wie vorher, nur vielleicht ein wenig größer und wagemutiger. Und mit ein paar mehr Kopfschmerzen – verursacht durch solche Klatschgeschichten und Frauen, die uns die ganze Zeit über verfolgen." Er zwinkerte ihr zu.

Sie lachte. Levi war lustig. Sie spürte, dass es die ihm nachstellenden Frauen wirklich gab. „Ich wette, mit denen kannst du gut umgehen."

„Ich mache es ziemlich gut. Aber Cole ist recht

vorsichtig geworden, wenn es um Verabredungen geht und dieses Fiasko mit Shelly wird es nur noch schlimmer machen."

Sie hasste es, dass er das durchgemacht hatte. „Ich lese diese Magazine nicht, deswegen hätte ich keinen von euch erkannt mit Ausnahme von Cole, der mir nur deswegen etwas sagt, weil er mit Shelly ausgegangen ist. Selbst wenn man diese Zeitschriften nicht liest, sein Bild war trotzdem auf den Titelseiten all dieser Magazine an der Kasse. Meine Mutter ist Kosmetikerin und betreibt neben ihrem Haus einen kleinen Schönheitssalon. Dort liegen diese Zeitschriften stapelweise aus. Ich hätte ihn sicher irgendwann auf einem von ihnen entdeckt, wenn ich bei ihr vorbeigeschaut hätte."

„Cole wird auffallen, dass er bei diesem Thema zu empfindlich war. Es ist nur so, dass wir genervt sind, wenn es um Paparazzi oder Reporter geht, die uns wegen des Geldes verfolgen, das sie aus einer erfundenen Geschichte schlagen können."

„Das kann ich verstehen."

„Wie auch immer, wenn du satt bist, solltest du dich

umziehen. Ich habe versucht, ein paar hübsche Farben auszuwählen.“ Er grinste. „Ich hoffe sie passen. Ich habe sicherheitshalber alles in zwei verschiedenen Größen gekauft, nur für den Fall. Ähm, ahh, sogar etwas… Unterwäsche. Ich habe einfach nach einem dieser Sets gegriffen, in dem sechs Paar sind.“ Er blickte so unbehaglich drein, wie er klang und fuhr dann eilig fort. „Wie auch immer, wenn du so weit bist, geh Cole holen und erkläre ihm alles, wenn ihr unterwegs seid und nach dem Auto schaut. Alles wird gut. Cole ist ziemlich entspannt. Wahrscheinlich wird er sich bei dir entschuldigen. Und wenn er es nicht tut, dann schleppe ich ihn hinter die Scheune und rücke ihm den Kopf zurecht.“ Er zwinkerte ihr erneut zu, dann schnappte er sich eine Zimtschnecke und verließ die Terrasse.

„Danke“, rief sie ihm nach.

Er grinste ihr über die Schulter zu. „Ich hoffe, ihr könnt alles regeln. Ich muss ein paar Kühe brandmarken. Meine Cowboys warten auf mich, aber es war nett, dich kennenzulernen, Tulip.“ Er tippte sich an den Hut und folgte dem Weg zur Scheune, der die gepflasterte Straße kreuzte.

Sie sah ihm nach und fühlte sich etwas besser, nachdem sie mit ihm gesprochen hatte. Sie nahm die Tüte mit den Klamotten und ging hinein. Es war Zeit für eine Dusche und frische Kleidung. Eine wundervolle Sache, bevor sie sich dem Tag stellte. Im Klartext: Darwin. Darum musste sie sich kümmern.

Aber es war die Aussicht, Cole gegenüberzutreten, die ihr die größeren Sorgen bereitete.

* * *

Cole fand Tulip im Vorgarten stehend, wo sie das große Ranchhaus aus Stein betrachtete. Mit seinen weißen Steinen, den Zedernpfosten und Balken und Gehwegen und Terrassen aus Sandstein war es typisch für Hill Country. Das Haus war der ganze Stolz und die Freude seiner Mutter gewesen. War es immer noch; nur war sie nicht hier, um weiterhin in dessen Genuss zu kommen, da sie die Welt bereiste und in Florida lebte, wenn sie das gerade mal nicht tat.

„Meine Mutter hat all das gepflanzt und die Terrassen entworfen, die man überall findet. Sie genießt ihr Leben im Ruhestand und reist mit meinem Vater umher, weswegen es mir zukommt, für die Instandhaltung zu sorgen. Wie du siehst, ist mir das nicht besonders gut gelungen. Ab und zu sorge ich dafür, dass der Gartentyp vorbeikommt und den Garten wieder anständig herrichtet, aber er sieht ein wenig müde aus, findest du nicht?“

„Er braucht nur ein bisschen Aufmerksamkeit, das ist alles.“ Sie beschattete ihre Augen, um ihn anzusehen.

Ihm fiel auf, dass sie keine Sonnenbrille trug. Andererseits störte ihn der Gedanke, dass sie ihre Augen vielleicht nur beschattete, weil er zuvor den Raum verlassen hatte wie ein kleines Kind. Schuldgefühle durchfuhren ihn wie heiße Kohlen und nagten an seinem Gewissen. Er hatte nicht erwartet, dass sie so reagieren würde, wenn sie herausfand, wer er war, aber er war auch noch nicht dahintergekommen, warum ihn ihre Reaktion so sehr enttäuscht hatte. Er sollte darüber hinwegkommen – ihre unwillkürliche Reaktion und die weit aufgerissenen Augen waren vielleicht einfach nur das gewesen, eine unwillkürliche Reaktion. Sie hatte gesagt, dass sie Shellys Morgenshow sah und wenn sie eine Klatschzeitschrift mir deren Bild neben verschiedenen Sorten Kaugummi und Schokoriegeln an der Kasse sah, dann war es nur natürlich, dass sie die Überschriften las. Das bedeutete aber weder, dass sie sich diese minderwertigen Zeitschriften kaufte, noch dass sie glaubte, was darinstand.

Es stimmte, dass er mit Shelly ausgegangen war, das war keine Falschmeldung. Er wusste nicht, was darüber hinaus noch in der Zeitschrift stand, aber bis er sie nicht gelesen hatte, konnte er auch nicht sagen, dass alles Lügen waren. Er würde sich später zwingen, den Artikel zu lesen. Doch im Moment hatte er wichtigere Dinge zu erledigen.

Er zog sich seinen Stetson vom Kopf und hielt ihn zwischen beiden Händen, während er Tulips Blick standhielt. „Tulip, ich muss mich bei dir entschuldigen. Das von vorhin tut mir leid. Ich habe überreagiert und mich wie ein launisches Kind benommen. Du hast dieses Verhalten nicht verdient, und es ist mir unangenehm, dass ich so reagiert habe. Bitte verzeih mir."

Sie senkte ihre Hände und starrte ihn an. Ihre

hübschen Augen kräuselten sich an den Rändern, als sie sich gegen den strahlenden Sonnenschein zur Wehr setzten. „Du musst dich nicht entschuldigen, Cole. Ich habe lediglich überrascht reagiert, weil ich mich daran erinnerte, dein Gesicht gesehen zu haben, als ich im Supermarkt in der Schlange stand. Außerdem ist es so, wie ich es schon Levi geschildert habe: meine Mutter besitzt einen kleinen Schönheitssalon neben ihrem Haus und sie und ihre Damen lieben diese Zeitschriften. Sie mögen nicht alles glauben, was darinsteht, aber – und ich hasse es, das zu sagen – sie finden diese Geschichten äußerst unterhaltsam.“ Sie seufzte. „Ich habe dich vielleicht auf einem dieser Cover gesehen, als ich in ihrem Salon war. Außerdem habe ich, wie wahrscheinlich fast jeder in Texas, davon gehört, wie es dir und deiner Familie ergangen ist, seit ihr auf eurem Land auf ein solch riesiges Ölvorkommen gestoßen seid. Es führt kein Weg daran vorbei – aber die Beule an meinem Kopf hat dafür gesorgt, dass ich nicht Eins und Eins zusammengezählt habe, bis Levi die Zeitschrift vor uns hinlegte.“

Diesmal seufzte er. Alles, was sie sagte, entsprach

der Wahrheit. „Was nur noch unterstreicht, wie schlecht ich reagiert habe. Können wir das alles fallen lassen und dort weitermachen, wo wir waren, bevor das Kind in mir zum Vorschein kam?“

Sie lachte. „Das könnten wir tun. Aber der Elefant wäre trotzdem im Raum – du hast nun mal all das Geld und ich weiß das jetzt. Aber ich kann dir versichern, dass ich dir nicht wegen deinem Geld nachstellen werde. Ich werde dir wegen deines Geldes keine besondere Behandlung angedeihen lassen oder dir Gefälligkeiten zukommen lassen, also, Cowboy, erwarte nichts. Ich werde dir allerdings kein Geld leihen können, denn ich bin mir ziemlich sicher, dass auf meinem Bankkonto sehr viel weniger Geld ist als auf deinem. Können wir uns also darauf einigen, dass die Dinge nun einmal so sind, wie sie sind?“ Ihre Lippe zuckte und ihre Augen funkelten im Sonnenlicht.

Er entspannte sich und lächelte. Er mochte diese Frau. „Darauf können wir uns einigen.“

„Großartig. Und nun, nur damit das klar ist: ich wette, es irritiert dich, wenn du dein Bild auf der Titelseite dieser Boulevardzeitungen siehst. Ich selbst würde es hassen. Deshalb kannst du ganz beruhigt sein, ich werde dir nicht für ein Date oder einen Heiratsantrag nachstellen, denn kein noch so hoher Geldbetrag könnte mich dazu verleiten, meine Privatsphäre aufzugeben. Du tust mir schrecklich leid. Ich habe den Artikel gelesen und puh... wer immer dich heiratet, muss mit all dem einverstanden sein, denn die Boulevardzeitungen lieben dich und deine Freundin oder Frau wird sich unweigerlich auf einem Cover wiederfinden. Damit, dass du mit Shelly Duncan ausgegangen bist, hast du ganz schön was in Gang gesetzt. Weißt du, dass in dem Artikel steht, dass du und Shelly ein Kind erwartet?"

Tief im Inneren wurde ihm ganz kalt. „Ist das dein Ernst? Ich kann dir versichern, dass das nicht stimmt."

„Ob wahr oder nicht, es steht darin."

„Perfekt. Einfach perfekt. Das ist lächerlich. Komm, Tulip, wir sehen nach deinem Auto."

Sie betraten die Garage. Er öffnete die Tür seines Trucks für Tulip und fragte sich, was sie von ihm halten mochte.

Sie legte ihre Hand auf seinen Arm, bevor er die Tür schloss. „Es tut mir leid, dass du dich mit so etwas herumschlagen musst.“

„Mir auch. Ich bin noch dabei, es zu verarbeiten. Versuche zu verstehen, warum sie derart lügen sollte. Aber auch, wer behauptet hat, dass sie das wirklich gesagt hat.“

„Das stimmt. Vielleicht hat sie das gar nicht getan.“

Er schloss die Tür und ging dann auf seine Seite des Trucks.

Vielleicht stimmte das alles gar nicht. Bestimmt hatte Shelly es nicht geschafft, von irgendjemandem schwanger zu werden. Diese Boulevardzeitungen – Mann, das waren doch alles Lügner. Was immer dafür sorgte, dass sich eine Geschichte verkaufte, sie brachten es. Reinstes Clickbait: Sie schrieben, was immer die Leute dazu brachte, ihre Artikel anzuklicken und ihre Zeitschriften zu kaufen um damit Geld zu scheffeln. Er selbst war für Überschriften gut, egal was er tat oder sagte. Er bekam Kopfschmerzen, wenn er nur daran dachte.

Er musste herausfinden, was in aller Welt er tun konnte, um sicherzustellen, dass nichts, was in diesem Artikel stand, auf ihn zurückfiel und ihm in den Hintern trat. Denn das würde es mit ziemlicher Sicherheit. Er musste seinen Anwalt anrufen und Harold darauf ansetzen. Denn das war eine Geschichte, die er nicht auf sich beruhen lassen konnte. Er hatte mit Shelly kein Kind gezeugt, und das konnte nicht so stehen bleiben.

KAPITEL SECHS

Als sie sich der Gegend näherten, in der sich das Auto befand, stellten sie fest, dass der Bach noch immer über die Ufer getreten und die Straße unpassierbar war. Wenigstens vier Fuß hoch stand das Wasser und sorgte so dafür, dass die Senke nicht von Fahrzeugen durchquert werden konnte. Darwins Auto befand sich noch genau dort, wo es gewesen war, als Cole es das letzte Mal gesehen hatte. Das Wasser stand ihm bis zu den Türen, da es auf einer kleinen Anhöhe steckte, die zumindest dafür gesorgt hatte, dass es nicht stromabwärts gespült worden war.

„Ah, da ist es ja. Es wurde nicht weggeschwemmt. Das ist schon mal gut. Ich denke, wir rufen am besten den Constable und einen Abschleppwagen an und lassen sie wissen, dass es hier steht.“ Er betrachtete das Auto und ihm fiel ein Detail auf, an das er bisher nicht gedacht hatte.

„Wenn du aus der Kirche fortgelaufen bist, wie bist du an die Schlüssel für das Auto gekommen?“

Sie biss sich auf die Lippe und zuckte niedlich zusammen. „Ich habe das gewissermaßen vorher geplant. Ich habe beinahe von Anfang an darüber nachgedacht, mir dann aber selbst ausgeredet, die Hochzeit abzusagen. Das Kleid, für das ich mich entschieden habe, besitzt eine tiefe Tasche, die in den Falten des Stoffs verborgen ist. Diese Tasche hat mich dazu gebracht, das Kleid zu mögen. Ich habe den Schlüssel in die Tasche geschoben und ihn bei mir gehabt, als ich das Kirchenschiff entlangging.“

Er warf den Kopf zurück und lachte lauthals. Dass diese so sanft und liebenswürdig aussehende Frau eine Situation geplant hatte, in der sie vom Altar fliehen konnte, erschien ihm einfach zu komisch. Dieser Trottel Darwin hatte gedacht, er hätte eine schüchterne Maus gefunden, die er schikanieren konnte. Wahrscheinlich hatte sie ihn völlig überrascht, als sie davongelaufen war, dachte Cole.

„Du steckst voller Überraschungen, Tulip."

Sie errötete und er konnte seine Augen nicht von ihr abwenden. Beim Geräusch sich nähernder Sirenen drehten sie sich beide zur Straße um.

„Wir sprachen vom Constable. Da ist er schon. Mach dich auf etwas gefasst."

Sie beobachteten das große weiße Schlachtschiff, das der Constable von True Love fuhr. Es näherte sich ihnen mit hoher Geschwindigkeit, das Licht blitzte, die Sirenen heulten. Natürlich taten sie das. Cole grauste es vor jeder Minute, die er in der Nähe von Virgil Redding verbringen musste. Sie kamen nicht miteinander aus. Der Mann war alt genug, um der Großvater seines Großvaters zu sein – nicht wirklich, aber so sah er aus – und so mürrisch wie man nur sein konnte.

Sie sahen zu, wie das Fahrzeug zum Stehen kam. Virgil, ein magerer Kerl, stieg aus seinem Auto. Er zog sich seine Khakihose bis zum Nabel hoch und schritt dann auf sie zu.

„Hey, Virgil, bist du gekommen, um nach diesem Fahrzeug zu sehen?"

„Jemand hat angerufen und es gemeldet. Er meinte,

es wäre in schlechtem Zustand. Ich kam, um zu sehen, ob jemand verletzt worden ist. Was machst du hier, Cole Tanner?“

„Das ist Tulip Jones. Als ich letzte Nacht hier vorbeikam, noch vor der Flut, sah ich das Wrack. Es war spät, gegen elf Uhr. Ich fand Tulip, sie lief die Straße entlang. Sie hat sich nach dem Unfall den Kopf an einem Felsen angeschlagen, denken wir. Austin hat sie untersucht, sie ist über Nacht bei uns geblieben und wir haben wegen einer möglichen Gehirnerschütterung in regelmäßigen Abständen nach ihr gesehen. Da es ihr heute Morgen schon besser ging, sind wir hergekommen, um nach dem Auto zu sehen. Wir wollten dich gerade anrufen und informieren und auch einen Abschleppwagen rufen.“

„Warum hast du mich letzte Nacht nicht angerufen?“

„Ich sah keine Notwendigkeit dafür und es schüttete wie aus Eimern. Du hättest hier nichts machen können. Ich dachte, der Fluss würde heute Morgen weiter unten über die Ufer treten.“

„Sag mir nicht, was ich zu tun habe und was nicht,

Cole Tanner.“

„Virgil, können wir das nicht einfach hinter uns lassen? Wie ich schon sagte, du und mein Großvater, ihr hattet eure kleine Fehde, aber ich habe damit nichts zu tun. Kannst du es nicht einfach vergessen und dich um das Fahrzeug kümmern, dann bringe ich Tulip nach Hause, wenn die Autosituation geklärt ist.“

Virgil runzelte die Stirn und stürmte dann zu einer Stelle, von der aus er das Nummernschild des Autos erkennen konnte, als hätte ihm jemand den Gürtel zu fest zusammengezogen. Er notierte sich die Nummer auf einer kleinen weißen Seite in dem kleinen weißen Notizblock, den er aus der Tasche zog, und stakte dann zurück zu seinem Wagen.

„Er benimmt sich, als wäre er heute Morgen mit dem falschen Bein zuerst aufgestanden.“

„Jeden Morgen, meinst du wohl. Dieser Mann ist ständig übel gelaunt. Man sagt, er war nie wieder derselbe, nachdem ihm mein Großvater die Frau gestohlen hatte, die er liebte. All die Jahre über hegte er einen Groll gegen meinen Großvater und kam nie darüber hinweg. Und heutzutage ist er auch kein großer

Fan von mir."

„Wie kommt das?"

„Er hat eine Enkeltochter, die auf mich steht, aber das beruht nicht auf Gegenseitigkeit. Eins musst du über mich wissen: Ich verabrede mich nicht nur aus einer Laune heraus mit Frauen oder weil sie mir leidtun. Oder weil sie zufällig verfügbar waren, als ich Lust hatte, jemanden kennenzulernen. Wenn ich mit jemandem ausgehe, dann deswegen, weil da etwas ist, das ich wirklich mag und ich denke, dass vielleicht die Möglichkeit besteht, dass sie irgendwann eine gute Ehefrau abgeben wird. Ich gebe es nur ungern zu, aber ein paar Mal habe ich mich gehörig im Charakter einer Frau getäuscht. Shelly Duncan steht ganz oben auf dieser Liste."

Sie starrte ihn an und er runzelte die Stirn.

„Okay, streich das." Er rieb sich den Hals und fühlte sich schrecklich. „Shelly und ich sind nicht gut miteinander ausgekommen und sie hat sich nicht als die Person herausgestellt, für die ich sie gehalten habe, doch das gibt mir kein Recht, so etwas zu sagen. Also vergiss einfach, dass ich das gesagt habe."

Sie legte eine Hand auf seinen Arm. „Das ist doch nur verständlich. Manchmal hat man eben einen schlechten Tag und du musstest an diesem Morgen auch schon mit so einigem klarkommen. Also entspann dich – ich laste dir das nicht an."

Cole starrte in Tulips Augen und konnte den Blick nicht abwenden.

* * *

Tulip mochte den Mann ihr gegenüber noch mehr, als sie sah, wie er damit haderte, etwas nicht so Nettes über die Frau gesagt zu haben, mit der er ausgegangen war. Auch wenn das, wie sie vermutete, wahrscheinlich der Wahrheit entsprach.

Die Wahrheit. Sie war während der gesamten Verlobungszeit mit Darwin nicht ehrlich gewesen. Wäre sie es gewesen, hätte sie niemals Ja gesagt, als er sie gebeten hatte, seine Frau zu werden. Das ließ ihr keine Ruhe. Sie starrte das gegen den Baum gefaltete Auto an, an dem das Wasser so dicht vorbeiströmte, dass es sie hätte mit sich reißen können und wusste, dass nicht viel gefehlt hatte und sie hätte diesen Morgen nicht erlebt. Und das alles nur, weil sie nicht Nein sagen konnte, wenn es am nötigsten war.

Sie hatte eine zweite Chance bekommen und als sie das rote, zerknautschte Vorderteil der Corvette betrachtete, wusste sie, dass es in vielerlei Hinsicht viel schlimmer hätte kommen können.

„Virgil, warum schaust du so?“, fragte Cole.

Tulip wandte ihren Blick von dem beschädigten Auto ab, um zu sehen, wovon Cole sprach. Der Constable kam mit grimmig verzogenem Mund auf sie zu, wobei er sie aus seinen kleinen Augen anstarrte. Mit einem Mal überfiel sie das schreckliche Gefühl, dass etwas ganz und gar nicht in Ordnung war.

Und dann holte er mit einem Mal seine Handschellen hervor und zog seine Waffe.

„Was?“, sie schnappte nach Luft.

Seine Waffe zitterte leicht, als er sie auf sie richtete. „Tulip Michelle Jones, Sie sind verhaftet. Sie haben das Recht zu schweigen. Alles, was Sie sagen, kann und wird gegen Sie verwendet werden - “

„Jetzt warte mal, Virgil. Was tust du da?“,

unterbrach ihn Cole barsch. Seine bernsteinfarbenen Augen sandten praktisch goldene Flammen aus, fand sie, als sie ihn verwirrt anstarrte. Er war wütend, als er nun vor den Polizisten mit der leicht zitternden Waffe trat. „Steck die verdammte Waffe weg, bevor du noch jemanden erschießt."

Tulip stupste Cole an. „Geh zur Seite – er könnte dich erschießen und damit könnte ich nicht leben. Was habe ich getan? Warum tun Sie das?" Sie stupste Cole erneut an, doch der stand felsenfest und rührte sich nicht vom Fleck.

„Sie sind ein Autodieb. Sie haben dieses Auto gestohlen und sind eine gesuchte Frau."

„Ich warne dich, geh zurück, Virg-"

„Cole, ich habe das Auto nicht gestohlen. Es gehört Darwin, aber…"

Der alte Mann trat näher. „Es wurde als gestohlen gemeldet und auch, dass Sie möglicherweise bewaffnet und gefährlich sind. Jetzt geh mir aus dem Weg, Cole Tanner."

Sie schnappte nach Luft. „Gefährlich?" Wut durchströmte sie, wahrscheinlich begann ihre Haut schon zu glühen. „Ich bringe ihn um."

„Drohen Sie ihm? Ich werde das zu Ihrer langen Liste von Verfehlungen hinzufügen müssen."

Bei seinen Worten riss sie die Augen auf. „Das habe ich nicht so gemeint. Ich war seine Verlobte. Ich bin mit diesem vermaledeiten Auto zur Hochzeit in die Kirche gefahren, weil er darauf bestand. Er wollte, dass ich stilvoll dort eintreffe. Ich habe es nicht gestohlen. Wie hätte ich sonst von der Hochzeit fliehen sollen, ohne eigenes Auto, um von dort wegzukommen?"

„Lady, ich weiß nicht, wovon Sie sprechen, aber Fakt ist, dass Sie das Fahrzeug eines anderen gestohlen haben. Ich bin hier, um Sie zu verhaften. Jetzt lassen Sie mich Ihnen diese Handschellen anlegen. Ich nehme Sie fest."

„Das tust du nicht. Steck die Waffe weg." Cole spannte sich an; sie hing mit einem Todesgriff an seinem Arm und spürte, wie sein Bizeps fest wurde.

„Ich bringe sie ins Gefängnis und du behinderst einen Gesetzeshüter. Wenn du nicht aus dem Weg gehst, nehme ich dich ebenfalls fest, Cole Tanner. Und es wird mir eine Freude sein", blaffte er.

Sie mochte diesen kleinen gemeinen Mann nicht und erkannte, dass Cole wahrscheinlich ebenso ins Gefängnis wandern würde, wenn sie nicht schnell etwas tat. Diese Demütigung galt ihr und er hatte wirklich nicht noch mehr Ärger wegen ihr verdient. Nach allem, was er für sie getan hatte, würde sie es ganz einfach nicht ertragen, wenn dieser verbitterte Mann die Chance bekam, Cole ins Gefängnis zu stecken. Insbesondere, wenn man bedachte, wie offensichtlich es war, dass Virgil nichts lieber täte.

Sie trat hinter Cole hervor. „Ich werde mit Ihnen gehen. Cole, du brauchst dich da nicht mit hineinziehen zu lassen. Bitte beruhige dich einfach."

Er trat wieder vor sie. „Nein. Ich lasse es nicht zu, dass er dich festnimmt."

Sie sah ihn an und fühlte sich ein wenig verloren und völlig verwirrt, so wie sie es praktisch war, seit sie die Kirche verlassen hatte. „Cole, er vertritt das Gesetz und er hat recht. Ich muss mit ihm gehen. Und wenn du meine Verhaftung behinderst, dann musst du das auch. Bitte, bleib einfach hier. Und ich hasse es, dich das fragen zu müssen, aber ich werde vielleicht einen

Anwalt brauchen, also falls du einen kennst…“ Noch nie hatte sie einen Anwalt gebraucht und keine Ahnung, wen sie anrufen sollte, daher hoffte sie, dass er jemanden kannte.

Er löste seinen wütenden Blick vom Constable und starrte stattdessen sie an.

„Bitte, lass dich nicht wegen mir ins Gefängnis werfen, Cole“, flehte sie ihn an.

Seine Augen wurden weicher. „Also gut, ich werde dich mit ihm gehen lassen. Und glaub mir, ich kenne einige Anwälte, meine Anwälte, und ich rufe sie an, sobald Virgil mit dir wegfährt. Aber keine Sorge, ich werde direkt hinter euch sein und jede seiner Bewegungen beobachten.“

„Danke. Es tut mir so leid, dass ich dir all das aufhalse. Ich weiß nicht, was Darwin tut.“

Sie drehte sich um, sodass sie Virgil den Rücken zuwandte, und führte die Hände hinter dem Rücken zueinander. Sie zuckte zusammen, als das kalte Metall der Handschellen ihre Haut berührte. Es war demütigend. Als sie sich schlossen, musste sie darum kämpfen, nicht in Tränen auszubrechen. Sie hielt sie in

Schach, denn sie wollte nicht, dass Cole sie weinen sah. Ihre ganze Welt schien um sie herum zusammenzubrechen, allein die Vorstellung, dass sie ab jetzt vorbestraft sein würde.

Würde er sie ins Gefängnis bringen, Fotos machen lassen und sie dann in eine Zelle stecken?

Plötzlich dachte sie an all die schrecklichen Bilder von Leuten, die verhaftet worden waren und wie schrecklich sie auf den Fotografien aussahen. Fotografien, die man dann auf Facebook und in den Zeitungen sehen konnte. Es war beschämend. Die Tränen brannten mit aller Macht und die Ränder ihrer Augen wurden feucht, obwohl sie dagegen ankämpfte. Auf der Suche nach der Ruhe seiner starken, zuverlässigen Anwesenheit, wanderte ihr Blick zu Cole.

Doch als sie den angeschlagenen Ausdruck auf seinem Gesicht sah, musste sie noch mehr Kraft aufwenden, um die Tränen zurückzublinzeln. Aber sie war am Leben, schrie die Stimme in ihrem Kopf, die beinahe von all den negativen Emotionen übertönt wurde. Cole Tanner würde ihr helfen. Sie hasste es, ihn da mit hineinzuziehen, aber im Moment war er ihre einzige Hoffnung… Und Darwin? Nun, sie mochte nur ein halbes Hemd sein, aber von nun an würde er sich besser vorsehen und die Füße in die Hand nehmen, wenn er sich ihr näherte.

* * *

Es kostete Cole äußerste Anstrengung, Virgil nicht von Tulip wegzuschieben. Als er sah, wie ihr Handschellen angelegt wurden, weil dieser Darwin-Wicht ihr aus Boshaftigkeit die Polizei auf den Hals gehetzt hatte, begann es in ihm zu brodeln. Er wusste, dass jede Geschichte zwei Seiten hatte, aber tief in seinem Herzen glaubte er nicht, dass Tulip log.

Bevor er nicht vom Gegenteil überzeugt wurde, weigerte er sich, diese Möglichkeit überhaupt in Betracht zu ziehen. Er dachte lieber nicht zu intensiv darüber nach, warum es ihm so wichtig war, dass sie genauso war, wie sie sich ihm präsentiert hatte. Er wollte, dass sie so süß und gut war, wie sie zu sein schien. Er kannte sie seit weniger als vierundzwanzig Stunden, doch etwas an ihr zog ihn an. Zog und lockte und holte ihn mit jedem Lächeln, das sie ihm schenkte und jedem Blick aus ihren sanften Augen noch etwas näher zu ihr.

Mit ansehen zu müssen, wie sie nun hinten in dieses vermaledeite Polizeiauto gesteckt wurde, brachte Cole zur Weißglut. Er war in seinem ganzen Leben noch nie so wütend gewesen. Er erinnerte sich daran, ein paar Mal äußerst aufgebracht gewesen zu sein, aber so wie in diesem Moment war es noch nie gewesen. Cole hatte Darwin bereits wegen der Art und Weise unsympathisch gefunden, wie er Tulip dazu gebracht hatte, seinen Heiratsantrag anzunehmen. Als sie ihm erzählt hatte, wie er sie dazu gebracht hatte, ihn zu heiraten, indem er die Krankheit seiner Mutter als Vorwand benutzte, hatte Cole ihn für einen manipulativen Idioten gehalten. Cole fragte sich, ob Darwins Mutter überhaupt krank war, so wie Darwin behauptet hatte. Warum sollte es so wichtig sein, dass Tulip die Krankheit seiner Mutter nie in deren Gegenwart erwähnte?

Etwas stank an der ganzen Sache und er hatte vor, alles herauszufinden. Er stieg in seinen Truck. Das war das Gute daran, auf all das Öl gestoßen und Milliardär geworden zu sein: er und seine Familie hatten ein ganzes juristisches Team hinter sich. Ein Team, das wusste, was es tat. Darwin würde sich nicht mit ihnen anlegen wollen.

Schon gar nicht, wenn sie im Interesse einer netten Frau wie Tulip handelten.

Noch nie in seinem ganzen Leben war er für irgendetwas so dankbar gewesen. Und das war eine Premiere: meist hatte er das Geld beinahe als eine Art Fluch betrachtet, genau wie sein Bruder Levi gesagt hatte. Aber heute war es ein Segen, und er hatte vor, es gebührend zu nutzen.

Er ging auf den Wagen zu. „Tulip, sei tapfer. Ich werde direkt hinter euch sein und telefonieren, also mach dir keine Sorgen.“ Er trat einen Schritt auf Virgil zu, als der Polizist die Tür hinter Tulip schloss. „Und Virgil, ich warne dich, du buchtest sie besser nicht ein. Und sollte ich in der Wache ihr Bild sehen, dass groß ausgestellt ist, dann geht es dir an den Kragen.“

„Drohst du mir?“

„Sagen wir einfach, ich schaue in deine Zukunft. Nein, ich bedrohe dich nicht… ich stelle lediglich

Fakten fest.“

Virgil stieg in sein Auto und schlug die Tür zu.

Tulips Fenster war geschlossen, sie konnte Cole nicht hören, also legte er seine Hand auf die Scheibe. Tulip konnte ihre Hand nicht auf seine legen, weil sie hinter dem Rücken mit Handschellen gefesselt war. Ihre großen Augen flehten ihn hinter dem Glas an und sein Herz brach. Dann lehnte sie ihre Stirn an seine Handfläche, das kalte, harte Glas zwischen ihnen.

Virgil gab Gas und Cole trat zurück und sah zu, wie er mit so viel Kraft nach vorn schoss, dass Tulips Kopf ruckartig zurückflog, als das Auto vorwärts schlingerte um dann mit dröhnenden Sirenen und blinkenden Lichtern über den Hügel zu fliegen.

„Das ist einfach erbärmlich. Barney Fife, ich komme dir zu Hilfe“, murmelte Cole. Er stieg in seinen Truck und drückte den Lautsprecherknopf an seinem Lenkrad und begann, zu telefonieren.

* * *

Tulip war kurz davor, ihr Frühstück wieder

loszuwerden, als Virgil vor dem Büro des Sheriffs hielt.

Das geschah wirklich.

Er stieg aus dem Auto und zog ihre Tür auf. „Okay, raus dem Auto“, sagte er.

Das einzig gute war, dass er nicht erneut seine Waffe auf sie richtete.

Sie starrte zum Büro des Sheriffs und fühlte sich bei dem Gedanken daran, dass sie dieses Gebäude betreten musste, als ob ihr ein fünfhundert Kilogramm schweres Gewicht auf den Schultern lastete. Sie stellte ihre Füße auf den Boden, rutschte dann bis zur Kante des Sitzes vor und stand auf, was nicht so einfach war wie sonst mit den hinter dem Rücken fixierten Händen.

„Gehen Sie weiter, gehen Sie schon. Das wird Sie lehren, keine Autos zu stehlen.“

Sie ignorierte den schrecklichen kleinen Mann und ging los. Bei jedem Schritt, den sie unternahm, spürte sie, wie ihr Panik den Hals heraufkroch. Sie wollte sich umdrehen und in die andere Richtung davonrennen, aber das wäre ein schrecklicher Fehler, also konzentrierte sie sich auf das eine Positive, das ihr in dieser schrecklichen Situation blieb: Cole war auf ihrer

Seite. Dieses Wissen beruhigte sie ein wenig, denn sie vertraute ihm, er hielt ihre Zukunft in den Händen.

Sie holte tief Luft, um die Panik zurückzudrängen, trat vor und schritt auf die Tür zu.

KAPITEL SIEBEN

Cole folgte dem Streifenwagen. „Harold, sie hat das Auto nicht gestohlen.“ Harold war der Inhaber der Anwaltskanzlei, die Cole und seine Familie vertrat. „Ich möchte, dass du so schnell wie möglich herkommst, bevor sie entscheiden, sie unter Arrest zu stellen.“ Er informierte Harold über alles, was geschehen war.

„Ich bin auf dem Weg. Es wird ungefähr fünfundvierzig Minuten dauern, aber ich bekomme sie raus, wenn ich dort bin. Du meinst also, der Ex-Verlobte hegt einen Groll, ja?“

„Das ist das Einzige, was ich mir vorstellen kann. Mein Verdacht ist, dass er es ihr heimzahlen will.“

„Netter Kerl.“ Harolds Worte trieften vor Sarkasmus

„Das kannst du laut sagen. Und das, nachdem er sie

bereits mit unlauteren Mitteln dazu gebracht hat, seinen Heiratsantrag überhaupt anzunehmen.“ Cole erklärte seine Äußerung, während er langsamer wurde, weil er die Stadt erreichte. „Er hat sie nicht nur beschuldigt, seinen Wagen gestohlen zu haben, sondern hat zudem auch noch angegeben, dass sie bewaffnet und gefährlich ist.“ Das machte Cole wütend.

„Was für ein Widerling! Ich werde in Kürze da sein. Und alles wird gut werden.“

„Wir sehen uns dort.“ Nachdem Cole das Gespräch mit Harold beendet hatte, wählte er seinen Kontakt für Nachforschungen, den er auf der Kurzwahl hatte.

Jensen nahm beim ersten Klingeln ab. „Morgen. Du bist schon früh unterwegs.“

„Es ist gar nicht mehr so früh und ich habe einen Job für dich“, kam Cole auf den Punkt.

„Das klingt nach einer ernsten Sache, Cole. Ich glaube nicht, dass ich dich jemals so aufgebracht erlebt habe.“

„Ich war noch nie in einer solchen Situation. Du musst alles über Darwin Simpson ausgraben, was du kannst, und zwar so schnell wie möglich. Deinen vorläufigen Bericht hätte ich gern in, sagen wir, einer Stunde und dann gräbst du weiter. Und grabe so tief, wie es nötig ist, denn ich will, dass dieser kleine Wicht merkt, dass er sich mit der falschen Person angelegt hat."

„Ich mache mich gleich an die Arbeit. Ich habe da so ein Gefühl, dass er bereuen wird, was immer er dir angetan hat."

„Nicht mir, sondern einer sehr netten Dame."

„Na, dann wird das Bedauern noch größer ausfallen."

„Kommt darauf an, was du ausgräbst. Ich habe da so eine Ahnung, dass es nicht lange dauern wird, etwas zu finden. Er spielt ein falsches Spiel und das kann ich gar nicht leiden." Cole legte auf und redete sich selbst zu, sich zu beruhigen, aber das gelang ihm nicht. Er erreichte das Büro des Sheriffs und ging finster dreinblickend hinein.

Die ältere Dame hinter der Theke blickte ihn durch ihre schmale Brille an. „Kann ich Ihnen helfen?"

„Ich hoffe es, Ma'am. Ich würde gerne Tulip Jones sehen. Der Constable hat sie gerade hereingebracht."

„Wie heißen Sie?“

„Cole Tanner. Ich habe mich um einen Anwalt für Miss Jones gekümmert. Er ist auf dem Weg. Ich möchte sicherstellen, dass jeder dort hinten weiß, dass sie nicht verhört wird, bevor nicht ihr Anwalt eingetroffen ist.“

„Lassen Sie mich den Sheriff holen.“

„Das wäre gut.“ Er beobachtete, wie sie durch eine Tür neben ihrem Schreibtisch eilte.

Kurz darauf kam ihm der Sheriff entgegen.

„Ich bin Sheriff Jordan Billings. Ich habe gehört, Sie haben Fragen gestellt. Kann ich Ihnen helfen?“

„Mein Name ist Cole Tanner. Der Constable von True Love, Texas, hat gerade Tulip Jones hereingebracht. Ich bin hier, um als ihr Beistand zu fungieren, bis ihr Anwalt eintrifft. Er ist unterwegs und ihr dürfen keine Fragen gestellt werden, bis er eingetroffen ist.“

„Sie befindet sich in einer Zelle. Wir werden die Ankunft des Anwalts abwarten.“

„Kann ich sie sehen?“

„Tut mir leid, aber nein.“

Er starrte den Mann an, der ungefähr in seinem

Alter war. Nach dem, was er über ihn gehört hatte, war er ein fairer Mann. „In diesem Fall werde ich draußen warten, wenn Sie mir ihr Wort geben, dass sie fair behandelt wird.“

Der Sheriff nickte. „Ich handele stets fair. Sie haben mein Wort.“

„Es freut mich, das zu hören. Aber sagen Sie das mal Virgil.“

Der Kiefer des Mannes spannte sich an. „Das werde ich. Er geht bald in den Ruhestand und dann kann seine Gerichtsbarkeit endlich aufhören, ihn in diese Position zu wählen.“

„Es gibt mir ein besseres Gefühl zu wissen, dass wir uns in dieser Frage einig sind.“ Er ging nicht weiter in die Tiefe. Gerüchten zufolge würde Virgil endlich seine Position aufgeben, um einem jüngeren Rentner die Wahl zu ermöglichen. Die winzige Gerichtsbarkeit von True Love verfügte über kein großes Budget. Die Stadt war so klein, dass man das Warnlicht verpasste, wenn man nur zweimal blinzelte und es kam vor, dass man nicht einmal bemerkte, dass man durch die Stadt hindurchgefahren war.

Er beschloss, draußen auf Harold zu warten. Der Hubschrauber würde auf einem Feld landen, das kaum drei Blocks von der Stelle entfernt war, an der sich Cole gegen die Heckklappe seines Trucks lehnte. Er war unruhig und dachte an Tulip, die in einer Gefängniszelle saß. Er versuchte, sich abzulenken, indem er vorbeifahrende Autos und Trucks beobachtete und die Leute studierte, die das Bluebonnet Diner betraten und verließen, das sich auf der anderen Straßenseite befand. Er wünschte, der Hubschrauber, in dem Harold saß, würde schneller fliegen. Er blickte auf die Uhr. Er musste noch etwa vierzig Minuten warten…

* * *

Etwa dreißig Minuten später las Cole gerade eine Nachricht von Harold, die besagte, dass dieser in zehn Minuten landen würde, als der Wagen eines Nachrichtensenders auf den Parkplatz vor dem Büro des Sheriffs fuhr. Cole stöhnte. Nur um sicherzugehen, zog er sich seinen Stetson tief über die Augen.

Ein eleganter schwarzer BMW hielt neben dem Van

und ein untersetzter Mann mit pinkfarbenem Hemd, weißen Golfshorts und Slippern ohne Socken stieg aus dem Wagen. Cole beschlich das schlechte Gefühl, genau zu wissen, wen er da vor sich hatte. Und er mochte es kein bisschen, dass der Mann nun hier war.

Der Kerl trug einen selbstgefälligen Gesichtsausdruck zur Schau, als er mit der Reporterin sprach, die ein Mikrofon in der Hand hielt. Ein Mann in grauem Anzug stieg auf der Beifahrerseite des Autos aus und gemeinsam gingen die drei auf das Büro des Sheriffs zu.

Cole schickte Harold eine Nachricht, in der er ihn darüber in Kenntnis setzte, dass der Ex mitsamt seinem Gefolge eingetroffen war und er hineingehen würde, um zu sehen, was los war. Unbemerkt schlüpfte er in die Lobby und hielt sich dann seitlich, wo er sich an eine Wand lehnen und zuhören konnte.

„Mein Name ist Darwin Simpson und ich denke, Sie haben meine Ex-Verlobte verhaftet, die mein Auto und meine Pistole gestohlen hat?“

Die Frau sah nervös drein, als sie bemerkte, wie der Kameramann die große Videokamera direkt auf sie richtete. Sie stand auf, lächelte nervös und eilte durch die Tür, durch die sie zuvor bereits verschwunden war. Er vermutete, dass der Sheriff jeden Moment auftauchen würde.

Cole gefiel die Tatsache nicht, dass Darwin offenbar versuchte, Tulip zu demütigen. Eine andere Erklärung für die Anwesenheit der Kameras wollte ihm nicht einfallen.

Fast augenblicklich betrat der Sheriff den Raum. Er sah sich ruhig in der Lobby um. Sein Blick ruhte für einen Moment auf Cole, bevor er an Darwin haftenblieb. Er ignorierte die Kameras völlig. „Kann ich Ihnen mit irgendetwas helfen?“

„Ich habe gehört, dass Sie meine autostehlende Ex-Verlobte verhaftet haben? Sie ist am gestrigen Abend von unserer Hochzeit davongelaufen und hat bei dieser Gelegenheit mein Auto und meine Waffe gestohlen. Ich bin hier, um Anklage zu erheben.“

„Nun, ich hasse es, Sie enttäuschen zu müssen, aber wir haben sie gerade erst zur Befragung hergebracht. Im Augenblick warten wir darauf, dass ihr Anwalt eintrifft, bevor wir fortfahren. Meinem Verständnis nach gab es ein paar mildernde Umstände bezüglich des Wagens."

Darwins Gesicht rötete sich. „Es gibt keine mildernden Umstände. Genau das hat sie getan. Und ich fordere Sie auf, sie unter Arrest zu stellen."

Der Gesichtsausdruck des Sheriffs veränderte sich nur unmerklich, aber Cole entging nicht, wie sich dessen Augen an den Rändern zusammenzogen. „Als ich das letzte Mal nachgefragt habe, war ich noch der gewählte Sheriff dieser Stadt, was bedeutet, dass ich die Show hier leite. Daher schlage ich vor, dass Sie und Ihr Zirkus hier meine Lobby verlassen und mich meinen Job machen lassen."

„Ich kann es nicht leiden, derart behandelt zu werden. Mein Anwalt wird sich mit Ihnen auseinandersetzen", warnte Darwin.

„Das ist in Ordnung, aber die Kameras müssen den Raum verlassen."

„Ich möchte, dass sie bleiben."

Darwin und der Sheriff wechselten weitere Worte, während Harold die Lobby betrat. Er nickte Cole zu – es bestand keine Notwendigkeit für ein Gespräch, da Cole ihn bereits hatte wissen lassen, was vor sich ging

– und schritt dann auf die Theke zu.

„Ich bin hier, um Tulip Jones zu vertreten."

Die Lippe des Sheriffs zog sich leicht zusammen. „Großartig. Ich bringe Sie zu Ihrer Klientin, dann können wir das alles vielleicht klären."

Darwin sah gar nicht glücklich drein, als der Sheriff sich nun umdrehte und Harold durch die Tür ließ. Sie schloss sich hinter ihnen. Darwin wurde ungefähr so pink wie sein Hemd, während er hervorbrachte, dass er ignoriert wurde. Sein Anwalt klopfte ihm auf die Schulter und sprach leise mit ihm, wahrscheinlich um ihn daran zu erinnern, dass die Kameras noch liefen.

„Schaltet die Kameras aus", stotterte er und ging dann wütend auf die Türen neben Cole zu.

Darwin blieb an der Tür stehen. Sein Blick landete auf Cole und glitt über ihn hinweg, so als wäre er den Schmutz unter seinen Slippern nicht wert.

Cole zuckte weder zusammen noch wandte er den Blick ab. Er starrte Darwin an, löste dann seine Schulter von der Wand und richtete sich zu seinen vollen zwei Metern Körpergröße auf. Noch immer Darwins Blick haltend, schob seinen Hut nach hinten.

Der Mann kniff die Augen zusammen.

Cole vergrub seine Fingerspitzen in den Taschen seiner Jeans, um sich selbst davon abzuhalten, Darwin zu packen und ihn durch die Tür zu werfen. In seinem ganzen Leben hatte er sich noch nie so gewalttätig gefühlt.

„Was schauen Sie so?“, fragte Darwin, schon nicht mehr ganz so angriffslustig wie zuvor.

„Ich weiß nicht. Ich bin gerade vor ein paar Minuten von der Weide gekommen, wo ich einen großen Haufen Kuhscheiße betrachtet habe, und ich finde nicht, dass sich meine Aussicht verbessert hat, seit ich durch diese Tür getreten bin.“

Darwins Gesicht wurde rot, als er in die Kamera blickte und bemerkte, dass der Kameramann noch immer filmte.

Die Frau sprach in ihr Mikrofon. „Sie sind Cole Tanner, einer der Tanner-Milliardäre aus True Love.“

Und so war er plötzlich enttarnt.

Darwin sah von der Frau zu Cole. „Ich habe schon gedacht, dass Sie mir bekannt vorkommen. Warum stehen Sie da so rum, starren mich an und beleidigen mich?“

„Weil ich hier bin, um die Frau zu vertreten, von der Sie behaupten, sie hätte Ihnen ein Unrecht getan.“

Darwin riss den Kopf zurück. „Wie meinen Sie das? Woher kennen Sie Tulip?“

„Ich kenne sie eben, das geht Sie nichts an. Aber ich kann Ihnen versichern, dass ihre Geschichte nun ans Tageslicht kommt und all die netten Zuschauer der Sendung werden wissen, was Sie ihr antun wollten. Der Leiter meines Anwaltsteams spricht gerade mit ihr. Sycamore und Partner – von denen haben Sie doch bestimmt schon gehört?“ Er sah auf die Uhr. „Ich würde sagen, in ungefähr fünfzehn bis zwanzig Minuten wird Harold Sycamore mit Tulip am Arm durch diese Türen kommen. Also, halte deine Pferde in Schach, Schönling, denn gleich wird dein Leben richtig aufregend.“

* * *

Tulip saß in ihrer Gefängniszelle auf dem Rand der Liege und zitterte. Sie war noch nie in einer Gefängniszelle gewesen und das gefiel ihr gar nicht. Sie mochte es kein bisschen. Sie hatte das Gefühl, einen Kinderreim aufzusagen, aber es stimmte. Sie mochte es nicht, in dieser Gefängniszelle zu sein, sie mochte es nicht, als Dieb bezeichnet zu werden; sie mochte es nicht, wie sie sich fühlte.

Vor allem aber mochte sie Darwin nicht.

Sie war so wütend auf ihn, dass sie ihm ohne Probleme die Meinung sagen würde, wenn sie ihn zu Gesicht bekäme.

Ihr Blick wanderte zur Matratze der Gefängnispritsche. Zumindest sah diese nicht so schrecklich aus wie in all den Filmen, in denen die Matratzen nicht einmal von einem Laken bedeckt und fleckig und schmuddelig waren. Die Zelle war sauber und sie hatte vor, dem netten Sheriff ein großes Dankeschön auszurichten. Es war der Gedanke daran, verhaftet worden zu sein und hier drinnen sein zu müssen, der sie deprimierte.

Keine Seife würde ausreichen, um das Gefühl des Schmutzes abzuwaschen, das sie verspürte, weil sie sich hinter Gittern befand.

Sie dachte an Cole und daran, dass er gesagt hatte,

seine Anwälte seien an ihrem Fall dran und einer von ihnen auf dem Weg hierher. Sie war bereits ungefähr eine Stunde hier drin; der Sheriff war zu ihr gekommen und hatte ihr versichert, dass sie sie vorerst noch nicht unter Arrest stellen würden. Dass sie auf ihren Anwalt warten würden. Für den Moment war sie erleichtert gewesen. Es würde kein hässliches Foto von ihr gemacht werden. Sie wischte sich erneut über die Augen, so viele Tränen hatte sie bereits vergossen. Wahrscheinlich war ihr gesamtes Gesicht voller Wimperntusche. Sicher sah sie schrecklich aus. Es wäre ein grässliches Bild geworden.

Sie war kein eitler Mensch; sie wollte bloß nicht, dass ein solches Bild von ihr die Runde machte, für ein Vergehen, dessen sie nicht schuldig war. Diese Bilder und Akten ließen sich nie wieder aus der Welt schaffen. Sie würden ihr Geschäft beeinflussen. Was auch immer von ihrem Unternehmen noch übrig war, nun da sie Darwin davongelaufen war. Sie sah regelrecht, wie ihr Landschaftsbauunternehmen vor ihren Augen in sich zusammenfiel. Wer würde wollen, dass eine Diebin auf sein Grundstück kam, dass eine Diebin Zugang zu seinem Eigentum hatte? Je länger sie darüber nachdachte, desto sicherer wusste sie, dass sie ohnehin in Schwierigkeiten steckte, denn nachdem sie Darwin kennengelernt hatte, waren viele der Freunde seiner Freunde ihre Kunden geworden. Sie alle lebten in geschlossenen Wohnanlagen, zu denen man einen Zugang benötigte. Sie waren seine Kumpel aus dem Country-Club. In ihr wuchs der Verdacht, dass dies Darwins Rache dafür war, davongelaufen zu sein. Er würde dafür sorgen, dass ihr keine Kunden blieben.

Sie wischte eine Träne beiseite. Sie durfte nicht weinen; sie musste sich zusammenreißen.

Sie hörte die Stimme ihrer Mutter in ihrem Kopf. „Tulip Michelle Jones, sein ein großes Mädchen und begegne der Situation mit einem Lächeln.“ Nun, lächeln konnte sie nicht, aber sie konnte ein großes Mädchen sein.

Sie schniefte, blinzelte heftig und wischte die Tränen fort, als sie hörte, wie eine Tür geöffnet wurde. Der Sheriff betrat den Gang gemeinsam mit einem Mann mit äußerst stark glänzenden Stiefeln, gestärkten Jeans und einem blendend weißen gestärkten Hemd und einem teuer aussehenden Sportmantel darüber und einem Stetson, der wahrscheinlich mehr gekostet hatte als ihre gesamte Garderobe in ihrem kleinen Schrank.

Der Sheriff kam zu ihrer Zelle und steckte einen Schlüssel ins Schloss. „Ihr Rechtsbeistand ist hier."

Sie konnte sich nicht bewegen. „Danke. Vielen Dank."

Der Sheriff tippte sich an den Hut, als der Anwalt die Zelle betrat. Ihr fiel sofort auf, dass er ein freundliches, aber äußerst starkes Gesicht hatte. Seine rauchbraunen Augen bohrten sich in sie und sie konnte nicht wegsehen. Er hatte die Art von Gesicht, das seinem Gegenüber sofort Vertrauen einflößte, dass das, was er sagte, der Wahrheit entsprach und die Leute glauben ließ, dass er meinte, was er sagte.

Und er war auf ihrer Seite. Und das alles wegen Cole.

„Tulip, ich bin Harold Sycamore und hier im Namen von Cole Tanner. Und wenn ich das sagen darf, da haben Sie einen äußerst ehrenwerten Mann an Ihrer Seite. Er hat mich über Ihre Geschichte informiert. Jetzt lassen Sie uns reden und dann bringen wir Sie hier raus.

Wir werden Kaution zahlen."

Sie konnte kaum sprechen und verschränkte die Hände fest ineinander. „Vielen Dank. Ich weiß nicht, was ich ohne Cole getan hätte. Ich werde hart arbeiten, um ihn für alles zu entschädigen, was er getan hat."

„Ich bin sicher, darauf kommt es ihm nicht an. Kommen wir zur Sache. Ich muss Ihnen ein paar Fragen stellen."

KAPITEL ACHT

Zwei Stunden nachdem er das Gebäude betreten hatte, kam Harold in Begleitung von Tulip zurück in die Lobby, in der Cole wartete. Es kostete ihn seine gesamte Selbstbeherrschung, nicht zu ihr zu gehen und sie in seine Arme zu ziehen. Sie sah genauso benommen und verwirrt aus wie letzte Nacht, als er sie vom Straßenrand aufgelesen hatte. Er wollte sie in seine Arme ziehen und sie umarmen. Doch ein Blick in Richtung Fenster, wo die Kameras und die Reporterin bereitstanden, hielt ihn davon ab. Aber sie war so erschüttert und erleichtert, dass sie zu ihm rannte und ihre Arme um seinen Hals schlang.

„Cole, danke. Wenn du und der nette Harold nicht gewesen wäret, würde ich wegen Darwin immer noch da drinnen sitzen." Sie vergrub ihr Gesicht an seinem

Hals und zitterte.

Er konnte nicht anders, er schlang seine Arme um sie und drehte sie so, dass die Kameras weder ihr Gesicht noch seines sehen konnten. Nicht, dass das irgendetwas gebracht hätte. Dieses Bild würde morgen auf den Titelseiten aller Boulevardzeitungen prangen, das wusste er, denn während er auf ihre Freilassung gewartet hatte, waren noch weitere kameratragende Geier eingetroffen.

Jetzt würden er, Harold und der Sheriff sie zu seinem Truck bringen müssen, während die Fotografen ihre Aufnahmen von Tulip machten und die Reporter sie mit Fragen bombardierten. Er konnte sich vorstellen, was sie fragen würden. Zum Glück hatte Darwin, soweit er es beurteilen konnte, das Weite gesucht. Er hatte seine schmutzige Tat vollbracht – Anklage erhoben und dann die Paparazzi-Geier auf sie gehetzt, damit diese ihrer Karriere den Todesstoß versetzen konnten. Die einzige Befriedigung, die Cole blieb, war der Gedanke daran, dass Darwin gegangen war, als er erkannt hatte, dass Tulip über die Macht des Tanner-Geldes verfügte.

Er war beinahe zu seinem Auto gerannt und hatte

kaum noch darauf gewartet, dass sein Anwalt einstieg.

„Sie war ziemlich erschüttert." Harold sah nicht erfreut aus. „Wir werden dafür sorgen, dass die Anklage gegen sie fallen gelassen wird, denn eindeutig wollte man ihr die Schuld in die Schuhe schieben. Du kannst mit ihr fahren, wohin du willst. Aber so wie sich die Situation vor der Tür darstellt, würde ich ihr nicht raten, nach Hause zu fahren."

Tulip hob ihren Kopf und sah ihn an.

„Alles wird sich finden", sagte er. „Aber wir müssen dich zum Truck bringen und da draußen sind Fotografen und ein oder zwei Reporter."

„Natürlich sind da welche. Ich hätte wissen müssen, dass er eine Show daraus machen würde. Ich war so eine Idiotin."

Er fühlte mit ihr. „Es ist nicht deine Schuld, dass er ein Trottel ist."

Sie nickte. Ihr Blick wanderte zum Fenster.

„Er möchte, dass du besorgt und gedemütigt bist, aber ich habe das starke Gefühl, dass das auf ihn zurückfallen wird, also mach dir keine Sorgen. Und achte einfach nicht auf die da draußen. Wir gehen gleich dort raus, aber bevor wir das tun, musst du mir noch etwas sagen – willst du nach Hause fahren?“

„Ich weiß nicht, was ich sonst tun soll. Ich werde einfach alle meine Fenster und Türen abschließen. Ich verstehe nicht einmal, warum sie mich verfolgen. Genauso wenig verstehe ich, warum Darwin das getan hat.“

„Zum einen ist Darwin ein Trottel. Es war ihm peinlich, dass du ihn stehengelassen hast, und er will es dir heimzahlen, dass du davongelaufen bist. Leute wie er – so gehen sie mit solchen Situationen um. Gibt es einen anderen Ort, an den du gehen könntest?“

„Ich denke, ich könnte zu meiner Mutter fahren. Aber sie lebt in Wimberly.“

„Das ist für diese Typen ein wenig ab vom Schuss, also versuchen wir es. Ich bringe dich zu deiner Mutter. Es wird wahrscheinlich ein paar Tage dauern, bis sie es satthaben, dich zu verfolgen, und wieder abziehen. Hast du deine Mutter angerufen?“

Sie rieb sich die Schläfe. „Habe ich nicht. Wahrscheinlich ist sie bereits krank vor Sorge.“

Er zog eine Braue hoch. „Sie wird gleich

herausfinden, wo du bist, denn sobald du durch diese Tür trittst, wird jeder wissen, wo du dich aufhältst." Sie verzog das Gesicht. „Aber dann wird auch jeder erfahren, dass du das Auto nicht gestohlen hast. Bist du bereit?"

Sie lächelte. „Das schulde ich euch beiden. Also bin ich bereit. Cole Tanner, ich bin mir nur zu bewusst, dass ich immer noch in der sauberen Gefängniszelle dieses äußerst netten Sheriffs sitzen würde, wenn ich dich nicht getroffen hätte – und sie war wirklich sehr sauber. Danke, dass Sie so fair zu mir waren."

Der Sheriff tippte sich an den Hut. Er war kein Mann vieler Worte. „Gern. Es war mir ein Vergnügen. Und wenn ich das sagen darf: ich bin froh, dass Sie Ihren Fehler erkannt haben und vor der Hochzeit mit diesem Kerl davongelaufen sind."

Sie lächelte. „Das bin ich auch. Okay. Ich bin so weit."

Coles Arm lag immer noch um ihre Schultern, er spürte den starken Drang, sie zu beschützen. „Dann lass uns vor die Wölfe treten. Erzähl ihnen nichts. Ich kann dir aus Erfahrung sagen, dass nicht abzusehen ist, was sie dich fragen werden.“ Er vermutete, es würden andere Fragen sein als die, die sie erwartete.

Harold hielt ihnen die Tür auf; Cole trat zuerst hindurch und bedeutete Tulip, ihm zu folgen. Harold trat hinter sie, sodass sie sie von vorn und hinten abschirmen konnten. Der Sheriff war ebenfalls herausgekommen, er hob die Arme und befahl den Kameraleuten, sich zurückziehen. Diese wichen nur ein paar Schritte zurück, aber immerhin bot ihnen das ein wenig Bewegungsspielraum.

„Cole, haben Sie und Tulip eine Affäre? Haben Sie deshalb Shelly Duncans Herz gebrochen und sie und ihr Baby alleingelassen?“

Genau diese Fragen hatte er erwartet, nachdem er früher am Tag die Boulevardzeitung gesehen hatte und Tulip ihm berichtet hatte, was bezüglich eines Kindes daringestanden hatte. „Ich bekomme kein Kind mit Shelly.“

Tulip drückte seinen Arm, sagte aber nichts. Ihre Augen waren groß geworden.

Jemand anderes stellte eine ähnliche Frage und ein Dritter warf ihm eine weitere zu. Das einzig Gute daran war, dass niemand sie wegen des Autos fragte.

„Ich habe nichts mehr mit Shelly Duncan zu tun. Wir sind kurze Zeit miteinander ausgegangen und ich kann Ihnen versichern, dass ich nicht der Vater ihres Babys bin, wenn sie das denn tatsächlich gesagt hat – und ich bin nicht überzeugt davon, dass Sie das nicht alles nur erfunden haben."

„Das hat sie gesagt", sagte einer von ihnen. „Sie vermutete, dass Sie jemand anderes gefunden haben und jetzt haben Sie Darwin Simpsons davongelaufene Braut an Ihrer Seite. Wann hat die Affäre begonnen?"

Sie schoben Tulip ein Mikrofon entgegen, zwischen ihn und Harold, und Cole schlug es aus dem Weg, wobei er darauf achtete, dass sie das Mikrofon nicht ins Gesicht traf. „Zurück", knurrte er.

„Tulip, wussten Sie, dass er ein Baby mit Shelly erwartet, als Sie die Affäre mit ihm begannen?"

Genau wie er es erwartet hatte, sah sie überrascht aus, weil sie nicht erwartet hatte, dass es bei den Fragen der Reporter um ihn und nicht um sie gehen würde. Es war eine Sache anzunehmen, dass man als Autodieb angeklagt werden würden – nur um dann herauszufinden, dass man als intrigante Frau dargestellt wurde, die mit einem Milliardär schlief, den man der Moderatorin einer Fernseh-Talkshow ausgespannt hatte. Wie in einer richtig schlechten Episode einer Reality-Show.

„Ich habe keine Affäre mit ihm. Er hat mich gerettet, als ich mein Auto zu Schrott gefahren habe und er ist nicht der Vater dieses armen Babys.“

Er hätte wissen müssen, dass sie nicht würde schweigen können, insbesondere wenn es um ihn ging. „Ich habe ihr letzte Nacht geholfen, als sie einen Unfall mit dem Wagen hatte.“

„Die Öffentlichkeit soll Ihnen also glauben, dass Sie beide sich versehentlich über den Weg gelaufen sind, nachdem sie das Auto ihres Verlobten gestohlen hat.“

„Ex-Verlobten! Und ich habe sein Auto nicht gestohlen!“ Ihre Stimme erhob sich vor Empörung. „Und er hat mich gerettet.“

Sie hatten seinen Truck erreicht und er verlor die Geduld. „Hören Sie, sie arbeitet für mich. Sie gestaltet die Grünflächen meiner Ranch. Das war's – Ende der

Geschichte. Jetzt geht endlich.“

Harold trat zwischen sie. „Meine Klienten haben vorerst alles gesagt, was sie sagen wollen.“

Der Sheriff tat dasselbe. „Zurück, Leute. Die Show ist vorüber.“

Er packte den Türgriff seines Trucks, zog daran und half Tulip hinein. Dann schloss er die Tür und bahnte sich einen Weg durch die Geier hindurch auf die andere Seite des Trucks. Er stieg ein, setzte sich ans Steuer und ließ den Motor an. Harold trat von Tulips Tür zurück und er fuhr langsam los.

Als Cole davonfuhr, sah er Harold immer noch im Rückspiegel Wache stehen.

Tulip bedeckte ihr Gesicht mit den Händen. „Sie denken, ich habe Darwin verlassen, um eine Affäre mit dir zu beginnen.“ Sie hob den Kopf und starrte ihn mit blassem Gesicht an. „Das habe ich nicht kommen sehen.“

„Das liegt daran, dass du nicht an diese Art Müll gewöhnt bist. Leider mussten wir uns an diese Dinge gewöhnen, seit wir auf Öl gestoßen sind. Ich und alle meine Brüder. Wenn wir uns ruhig verhalten und nicht allzu viel Aufsehen erregen, dann gelingt es uns manchmal, in Frieden zu leben. Aber durch meine Dummheit, mit Shelly auszugehen, habe ich alles wieder aufgewirbelt. Das war ein schlechter Schachzug von mir – ein impulsiver Schachzug, den ich bereut habe. Und es tut mir sehr leid, dass du das erleben musstest."

„Das ist schon in Ordnung. Ich bin nur dankbar, dass du mich da rausgeholt hast. Mir Harold zu schicken – er war großartig. Ich war so verängstigt. Noch nie in meinem Leben wurde ich wegen etwas derartigem angeklagt. Und Darwin sollte sich besser vorsehen, so wütend bin ich auf ihn. Vorher habe ich mich schlecht gefühlt, doch das tue ich jetzt nicht mehr. Was hat er sich bloß dabei gedacht?"

„Hast du gewusst, dass er hier war und die Reporter hergebracht hat, damit sie dich finden?"

„Darwin war hier?"

„War er. Ich glaube, er hoffte, dass du vor die Kameras treten müsstest und er dabei zusehen könnte, wie du von ihnen auseinandergenommen wirst."

„Nun, da wäre er vielleicht überrascht worden,

denn wenn ich durch diese Tür getreten wäre und ihn gesehen hätte, dann hätte ich ihn vielleicht aufgefressen. Ich werde fuchsteufelswild, wenn ich an ihn denke. Mich in diese schreckliche Gefängniszelle zu stecken – auch wenn diese für eine Gefängniszelle sehr hübsch war. Ich werde Sheriff Billings eine nette Dankeskarte schicken."

Cole lachte. „Tulip, du bist einfach zu gut für diese Welt. Das wird bestimmt die erste Dankeskarte, die Sheriff Billings jemals von jemandem erhalten hat, der sich in seinen Gefängniszellen befand."

Er konnte sein Lachen kaum zurückhalten. Was würde der Sheriff denken, wenn er eine hübsche kleine Karte von Tulip bekäme? Wahrscheinlich würde er lächeln, denn er war nett und hattes etwas Großartiges verdient. Cole war froh darüber, dass sich der Sheriff nicht wie Virgil benommen hatte.

„Jetzt, wo wir unterwegs sind und bald die Kreuzung erreichen, muss ich wissen, ob du zu deiner Mutter willst oder wieder mit zurück zu mir kommen möchtest? Ich mache mir Sorgen um dich. Und ich habe es so gemeint, als ich sagte, dass du für mich arbeitest."

Er war überrascht über seine eigene Frage. Aber er konnte sie auf keinen Fall zurückfahren und sie sich allein um alles kümmern lassen, wenn sie nicht glaubte, dass sie damit umgehen konnte.

„Ich kann nicht mit zu dir kommen. Du hast bereits zu viel getan und verdienst das alles nicht."

„Wir fahren zu deiner Mutter und dann reden wir über alles. Sie muss wissen, was geschieht."

„Du hast recht. Ach du meine Güte, ich habe gerade daran gedacht, dass meine Mutter Kosmetikerin ist – das könnte ihrem Geschäft schaden. Ich habe mein Geschäft mit Darwins Hilfe buchstäblich ruiniert. Wahrscheinlich hat jeder, der auf meiner Kundenliste stand und für den ich vorhatte zu arbeiten, inzwischen angerufen und abgesagt. Höchstwahrscheinlich verlängern sich meine drei freien Wochen auf unabsehbare Zeit. Ich werde keine neuen Aufträge an Land ziehen können, wenn die Paparazzi all diese Lügen in die Welt setzen. Und wenn sie bei meiner Mutter auftauchen, bekommt sie wahrscheinlich auch Probleme."

„So sehr es mir widerstrebt, dir in dieser Beziehung zuzustimmen, du hast wahrscheinlich recht."

Sie seufzte, wandte den Kopf ab und starrte aus dem Seitenfenster. Er sah, wie sie sich über die Augen strich und wusste, dass sie versuchte, nicht zu weinen.

„Ich brauche ein Telefon“, sagte sie fast flüsternd.

„Ich sag dir was. Wir halten an einem Telefonladen, bevor sich die Nachrichten verselbstständigen und besorgen dir ein neues Telefon. Dann fahren wir zum Haus deiner Mutter.“

Sie sah ihn an. „Gute Idee. Nachdem ich bei meiner Mutter war, kannst du mich bei mir zu Hause absetzen und ich werde mich dort vergraben, bis sich die Situation beruhigt hat. Zum Glück liegt ein Ersatzschlüssel in einem Pflanzgefäß, ansonsten hätte ich jetzt ein Problem. Es bringt alle möglichen Probleme mit sich, dass ich meine Handtasche nicht mehr habe.“

Er glaubte nicht, dass das funktionieren würde, aber er überließ sie vorerst ihren positiven Gedanken.

KAPITEL NEUN

Eine Stunde später rief Tulip ihre Mutter von dem Telefon aus an, das sie und Cole in einem Telefonladen erstanden hatten, ohne dass sie dort jemand erkannt hatte. Gemeinsam hatten sie die Nummer ihres alten Telefons auf das Neue übertragen und als sie Cole nun zu ihrer Mutter fuhr, sah Tulip nach eingegangenen Emails und Nachrichten. Mit jeder Nachricht, die sie las, verlor sie ein wenig mehr den Mut. „Hm, ich hatte recht. Ich muss meinen elektronischen Kalender überprüfen, aber ich bin mir ziemlich sicher, dass jeder, der darinstand, inzwischen abgcsagt hat. Wic auch immer, wegen dieser Termine muss ich mir offenbar keine Gedanken mehr machen."

Zu ihrer Überraschung nahm Cole eine Hand vom Lenkrad, griff zu ihr herüber und legte ihr seine Hand auf den Arm.

„Alles wird sich finden. Und ich habe nicht gescherzt. Meine – unsere – Ranch kann dringend etwas landschaftsgärtnerische Unterstützung gebrauchen. Das Haus, in dem Austin und ich leben, ist das Haupthaus – dort haben auch unsere Eltern gewohnt. Austin muss sich noch überlegen, was er machen will. Armer Kerl, er liebt die Ranch, aber genauso gerne ist er Arzt, deswegen wird er sich vielleicht ein Haus suchen, das näher am Krankenhaus liegt. Er konnte sich noch nicht dazu durchringen. Deswegen wohnt er so lange bei mir. Es ist so, meine Eltern reisen die meiste Zeit, aber hin und wieder kommen sie nach Hause. Jetzt wo ich dich kennengelernt habe, ist mir erst so richtig aufgefallen, in was für einem schlechten Zustand sich die Gärten meiner Mutter befinden. Ich würde dich gern einstellen, direkt hier und auf der Stelle, wahrscheinlich gibt es genug zu tun, um dich eine Weile zu beschäftigen. Und keine Sorge, ich habe genug Geld, das ist also kein Problem. Ich betrachte das als eine äußerst lohnende Ausgabe.“

Ein mulmiges Gefühl machte sich in ihrem Magen

breit. „Cole, ich will dich nicht ausnutzen. Ich habe das Gefühl, dass ich dein Leben von dem Moment an auf den Kopf gestellt habe, als du mich mit einer Beule am Straßenrand aufgesammelt hast. Und dann ist da noch diese Sache mit Shelly. Du hast eh schon genug, womit du dich beschäftigen musst. Da musst du dich nicht auch noch um mich kümmern, insbesondere in Anbetracht all der, du weißt schon, all der Gerüchte. Und das alles nur, weil du mir geholfen hast. Ich fühle mich schrecklich."

Er drosselte die Geschwindigkeit, tätschelte ihren Arm und legte dann seine Hand wieder ans Lenkrad. Er bog in die Straße ein, die zum Haus ihrer Mutter führte.

Sie fürchtete sich vor dem, was sie dort erwartete.

„Tulip, du kannst nicht ändern, was geschehen ist. Und um ehrlich zu sein, die Situation mit Shelly ist deiner mit Darwin nicht unähnlich. Sie ist aggressiv und hinterhältig und sie wäre gern Mrs. Cole Tanner. Aber ich werde sie nicht heiraten. Und ich kann dir versichern, dass ich nicht mit ihr geschlafen habe, ich bin also nicht der Vater ihres Kindes, wenn es denn wirklich eines gibt. Vielleicht lügt sie auch nur. Wie du siehst, wurde mir auch eine Falle gestellt. Und auch wenn sie mich nicht mit dir in Zusammenhang gebracht hätten, die Sache mit Shelly hätte ich trotzdem am Hals. Ich hasse es, dass sie dich da mit hineingezogen haben. Aber…“ Er lenkte den Truck an den Straßenrand und brachte ihn in den Parkmodus. „Ich denke, dass du vielleicht auf die Ranch kommen solltest. Du müsstest nicht im Haus wohnen. Das Anwesen ist eingezäunt und wir haben ein paar hübsche Hütten. Du könntest in deiner eigenen kleinen Hütte wohnen. Vor dem Haus befindet sich eine Veranda mit einer Schaukel darauf – nicht, dass die Cowboys die nutzen würden – oder zumindest denken die Leute immer, die Cowboys nutzen sie nicht.

Einige der Cowboys haben Frauen, da kommen die Hütten gerade recht. Sie liegen ein wenig verstreut – wir haben sie nicht alle zusammengestellt. Normalerweise halten wir diese auf der anderen Seite des Weges frei, falls Gäste kommen, die länger bleiben wollen oder sich ein bisschen mehr Privatsphäre wünschen. Also was denkst du? Du wärst dort sicher – die Paparazzi könnten dich nicht erreichen, solange du dich auf unserem Grund und Boden befindest. Und du hättest einen Job. Aber vielleicht bist du meiner auch überdrüssig und möchtest nicht länger in meiner Nähe sein, das würde ich natürlich verstehen. Ich möchte nicht deine Entscheidungen treffen und dir Dinge aufhalsen, die du eigentlich gar nicht tun möchtest.“

Sie dachte über das nach, was er gesagt hatte. Konnte sie das tun? Würde sie sich wohlfühlen, wenn sie die ganze Zeit auf der Ranch und in seiner Nähe war? „Lass mich darüber nachdenken. Ich werde erstmal mit meiner Mama reden. Ich habe eine Nachricht von ihr auf meinem Handy. Sie hat mich im Fernsehen gesehen. Und sie hat mir gesagt – beziehungsweise eine Nachricht geschrieben – die gerade ankam, dass Kameramänner in ihrem Garten stehen.“

„Was willst du tun?“

„Cole, ich werde den Job annehmen. Wenn wir es schaffen, würde ich gern meine Mutter besuchen und sie umarmen und dann gehen wir wieder. Vielleicht können wir eine Art Erklärung abgeben, dass ich nicht dortbleiben werde, sondern auf deinem Anwesen wohnen werde oder so.“

„Ich verstehe. Ja, das können wir tun. Wenn sie bei

mir campen wollen, müssen sie einen weiten Weg aus der Stadt auf sich nehmen und sie werden sich in kürzester Zeit langweilen. Und Shelly – wir müssen einfach abwarten, was sie tut. Vielleicht wird auch sie der Sache überdrüssig, jetzt wo sie weiß oder vermutet, dass es da noch jemand anderen gibt. Sie müssen nicht wissen, dass du nicht in meinem Haus wohnst. Wir sagen ihnen, dass du für mich arbeitest, damit es keinen Zweifel daran gibt, dass da nichts zwischen uns ist, okay? Ich möchte deinem Ruf nicht noch mehr schaden als es diese ganze Verrücktheit ohnehin schon getan hat."

„Okay, aber ich habe noch eine Bitte. Kannst du mir beibringen, Nein zu sagen? Sieh mal, ich kann mit niemandem ausgehen, wenn ich nicht weiß, dass ich Nein sagen kann, wenn ich zu früh gefragt werde, ob ich heiraten möchte oder wenn dies vor einer Gruppe von Menschen geschieht, die wollen, das ich Ja sage. Ich muss diesbezüglich härter werden. Auch wenn ich mich jetzt, nachdem was Darwin getan hat, schon für etwas widerstandsfähiger halte, so gibt es doch keine Garantie, dass ich noch genauso empfinde, wenn ich anfange, mich wieder mit Männern zu verabreden. Und um ehrlich zu sein, ich möchte gern wieder ausgehen, denn ich möchte meinen zukünftigen Ehemann finden. Ich möchte heiraten und Kinder bekommen, und wenn ich nicht ausgehe, dann werde ich nie den perfekten Menschen für mich finden.“

„Abgemacht. Wenn ich eine Sache richtig gut kann, dann ist es, Nein sagen. Ich lasse mich zu nichts zwingen und das wird Shelly jetzt rausfinden. Es ist mir egal, was das mit sich bringt. Es war unrecht von ihr, mich zu beschuldigen, mit ihr ein Kind gezeugt zu haben und sie dann damit allein zu lassen. Ich werde mich dem nicht beugen, denn ich kenne die Wahrheit. Ich kann dich also unterrichten und werde das gerne tun.“

Sie lächelte und spürte Erleichterung in sich aufsteigen, weil sie wusste, dass er auf ihrer Seite war.

Was hatte sie getan, um Cole Tanner zu verdienen?

* * *

Als sie in die Straße abbogen, in der Tulips Mutter lebte,

dachte Cole immer noch an das Lächeln der Erleichterung, das kurz zuvor auf ihrem Gesicht erblüht war, als er ihr gesagt hatte, dass er ihr beibringen würde, Nein zu sagen. Es war der hübscheste Anblick gewesen, seit er sie am Straßenrand gefunden und erkannt hatte, dass es ihr gut ging und sie nicht irgendwo den Fluss hinabgeschwemmt wurde. Ihm fiel auf, dass er es mochte, sie zum Lachen zu bringen. Und der Gedanke daran, dass sie sicher auf der Ranch sein und diese verschönern würde, war ein guter Gedanke.

Und damit den Paparazzi eins auszuwischen, war wie ein Bonus und gefiel ihm außerordentlich.

„Das dort rechts ist das Haus meiner Mama." Sie zeigte auf ein weißes Haus mit einer breiten Veranda, das von einer Fülle von Blumen umgeben war.

„Denkst du, dass du bereit dafür bist?" Er blickte Tulip an, als sie vor dem Haus ihrer Mutter hielten. Neben dem Haus stand ein weiteres kleines Gebäude am Ende der Auffahrt, auf dem Miras Beauty Palace stand. Kein Wunder, dass sie nicht hierbleiben wollte. Die Paparazzi standen überall in der Einfahrt herum, sodass die Leute nur schwer bis zum Salon vordringen konnten; das würde das Geschäft ruinieren.

„Ich bin bereit. Ich werde aussteigen und mich an deinem Arm festhalten und dann schieben wir uns gemeinsam durch sie hindurch."

Er lachte. Seit sie ihren Plan besprochen hatten, war sie aufgeblüht. Das gefiel ihm. „So gefällst du mir. Also gut, rutsch zu mir rüber und schau, ob du auf meiner Seite aussteigen kannst." Er schob das Mittelstück zwischen den zwei Sitzen nach hinten, sodass sie über die Sitzbank auf seine Seite rutschen konnte.

Die Paparazzi hatten sie entdeckt und kamen angerannt, Blitze zuckten. Er stieß die Tür auf und wartete, bis sie bis zur Kante des Sitzes gekommen war und zu Boden hüpfte. Sie schlang ihren Arm durch seinen und er legte seine andere Hand auf ihren Arm, damit er sie hinein begleiten und sie nahe bei sich halten konnte. Ihre Körper berührten sich seitlich und er versuchte, die Wärme zu ignorieren, die ihn bei der Berührung ihres Körpers erfüllte.

Augenblicklich wurden sie mit Fragen bombardiert, doch er zog den Kopf ein und informierte sie, dass sie keine Fragen beantworten würden. „Am besten wäre es, Sie alle würden dieses Grundstück verlassen."

Tulip war direkt neben ihm, als sie durch die Ansammlung hindurch und die Stufen hinauf zur Haustür gingen. Als sie die Tür erreichten, öffnete diese sich, bevor sie anklopfen konnten, und Tulip führte ihn hinein.

Eine kleine, rundliche Frau schlang ihre Arme um Tulip. „Tulip Michelle, meine Güte! Ich bin so froh, dich zu sehen."

Cole drückte die Tür hinter sich ins Schloss, während sich Tulip und ihre Mutter umarmten. Als sie sich losließen, standen beiden Tränen in den Augen.

Mira tupfte sich mit einem Taschentuch die Augen ab. „Ich war so besorgt, seit du dich umgedreht hast und aus der Kirche gerannt bist. Aber, Schatz, ich muss dir sagen, dass ich denke, dass du das Richtige getan hast."

Cole beobachtete ihre Unterhaltung und war froh, dass sie vorbeigekommen waren. Tulips Mutter hatte ihre Tochter sehen müssen und Tulip hatte ihre Mutter gebraucht. Tulips Blick traf seinen, als sie ihre Mutter umarmte und er lächelte sie an, woraufhin sie ihn mit einem weiteren Lächeln belohnte. Und er konnte den Blick nicht abwenden.

* * *

Sie lächelte Cole an, während sie ihre Mutter umarmte, er erwiderte das Lächeln und sie hatte das Gefühl, dass seine Augen ihr Innerstes erreichten und ihr Herz umarmten. Das raubte ihr den Atem, sodass sie den Blick abwenden musste.

Ihre Mutter ließ sie los und tupfte sich über die Augen. Sie war über alle Maßen erleichtert, dass ihre Mutter in dieser Angelegenheit auf ihrer Seite war.

„Dieser Mann ist ein richtiges… nun ja, wie das Hinterteil vom Esel – wenn du verstehst, was ich meine.“

Tulip kicherte. „Da hast du recht, Mama, und ich weiß genau, was du meinst. Ich stimme dir inzwischen diesbezüglich völlig zu. Zunächst habe ich mir eine Menge Gedanken gemacht, weil ich fortgelaufen bin und ihn verletzt habe – aber das war, bevor mir in Bezug auf ihn die Augen geöffnet wurden. Doch ich musste es einfach tun. Und jetzt, wo er sein wahres Gesicht gezeigt hat, und ich klarsehe, was für ein Mann er ist, bin ich so froh, dass ich ihn nicht geheiratet habe."

„Ich kann nicht glauben, dass er behauptet hat, du hättest seinen Wagen gestohlen. Was für eine Frechheit!"

„Genau. Ich war geschockt. Und dass er dann auch noch die Reporter angeschleppt hat, um mich zu demütigen, hat das Fass zum Überlaufen gebracht. Wenn Cole nicht gewesen wäre, säße ich immer noch im Gefängnis und er hätte was zum Lachen."

„Danke, Cole. Dass Sie sie herausgeholt und zu mir gebracht haben."

„Das ist Cole Tanner, und wie ich schon sagte, ich schulde ihm viel. Er hat mich letzte Nacht gefunden, nachdem ich den Unfall mit dem Wagen hatte, und er und sein Bruder Austin, der Arzt ist, haben sich um mich gekümmert. Und seitdem hilft er mir. Er hat mich nicht nur aus dem Gefängnis geholt, in das Darwin mich gebracht hat, nein, jetzt wo Darwin mein Unternehmen ruiniert hat, hat er mir einen Job und Unterkunft auf seiner Ranch angeboten."

„Was wirst du tun?“

„Ich werde mich um die Gärten auf seinem Anwesen kümmern. Das wird seine Mutter freuen. Und ich wollte dir keine weiteren Sorgen bereiten oder dich verletzen.“

Ihre Mutter sah schockiert aus. „Du bereitest mir keine Schwierigkeiten. Du kannst hierbleiben. Bist du dir sicher, dass du das machen willst?“

„Ja, Mama, du musst dich um deine Kunden kümmern und die werden es irgendwann leid sein, sich immer durch diese Leute kämpfen zu müssen, wenn sie in den Schönheitssalon kommen wollen. Wenn ich gehe, werden sie bald abziehen. Am besten bleibst du einen oder zwei Tage hier drinnen und gehst nicht nach draußen. Dann werden sie verschwinden und du kannst dein Leben weiterleben. Wir glauben, dass es so kommen wird.“

„Okay, aber was ist mit ihm und Shelly? Und dem Baby?“, flüsterte sie, so als könnte Cole nicht hören, was sie sagte. „Bist du dir sicher, dass du da draußen bei ihm wohnen willst?“

„Mama, das stimmt nicht. Cole hat das gesagt und

ich glaube ihm. Und selbst wenn es wahr wäre, dann ginge mich das nichts an. Ich arbeite nur für ihn. Ich werde in meiner eigenen Hütte wohnen."

„Okay. Aber weißt du, wenn er ein Baby bekommt und zulässt, dass sich diese arme Frau allein darum kümmern…"

„Mrs. Jones, ich kann Ihnen versichern, dass Shelly Duncan und ich kein gemeinsames Kind erwarten. Dazu muss man eine gewisse Art von Beziehung haben und eine solche hatten wir nicht."

„Mama, er ist so offen, weil er nicht will, dass du schlecht von ihm denkst, und ich kann dir versichern, dass er die Wahrheit sagt."

„Okay, ich glaube Ihnen, weil Sie wie ein wirklich netter Kerl aussehen. Und da Sie meiner Tulip so geholfen haben, haben Sie bei mir ohnehin einen Stein im Brett. Aber warum sollte diese Frau so etwas sagen?"

„Aus dem gleichen Grund, Mama, aus dem Darwin all diese Dinge über mich behauptet hat. Es ist eine Möglichkeit, es jemandem heimzuzahlen. Auch wenn ich nicht glaube, dass Darwin mich zurückwill, er will sich rächen, weil ich ihn in Verlegenheit gebracht habe.

Aber ich denke, Shelly versucht, Cole mit Gewalt dazu zu bringen, wieder ein Teil ihres Lebens zu sein."

Mira stieß einen empörten Atemzug aus und stemmte die Hände in die Hüften. „Nun, das ist einfach nur schrecklich. Du weißt, wie man Leute wie diese Shelly nennt: Flittchen. Und dieser Darwin – nun ich kann nicht laut aussprechen, wie ich ihn in meinem Kopf betitelt habe."

Tulip lachte. „Oh Mama. Ich fühle mich schrecklich, weil wir so tief gesunken sind, dass wir Leute mit Schimpfwörtern belegen. Aber ich muss zugeben, auch ich habe ein Schimpfwort für Darwin parat – er ist ein ausgewachsener Idiot."

Mira sah sie streng an und zog dann eine Augenbraue nach oben. „Nun, ich denke, wir bleiben bei deinem Wort, was ihn angeht. Und nachdem er dafür gesorgt hat, dass du ins Gefängnis musst, tut es mir auch nicht im Geringsten leid, dass ich vielleicht ein wenig tief gesunken bin. Allerdings werde ich mich vielleicht, wenn ich mich ein wenig beruhigt habe, bei unserem guten Herrn dafür entschuldigen. Aber jetzt kommt ihr erst mal beide mit in die Küche und wir genehmigen uns

Kaffee und Cookies. Wir setzen uns hin und reden und ignorieren alles, was vor dieser Haustür vor sich geht. Oh, und ich habe deine Handtasche, Tulip. Nachdem du weggelaufen warst, bin ich den Ankleideraum gegangen und habe mir deine Tasche und deine anderen Sachen gegriffen. Ich dachte mir, dass du sicherlich nicht dorthin zurückkehren wollen würdest."

„Oh Mama", Tulip schlang ihre Arme um ihre Mutter und umarmte sie fest. „Ich habe gar nicht in Erwägung gezogen, dass du das getan haben könntest. Ich danke dir. Dann hätte ich vielleicht doch kein neues Telefon gebraucht."

Mira lächelte strahlend. „Nein, hättest du nicht. Aber gern geschehen. Jetzt komm schon, ich möchte alles wissen, was es über diese Sache zu wissen gibt, nicht, dass ich darüber reden werde oder so, das verspreche ich dir. Aber du weißt, wenn meine Kunden kommen, werden sie ganz aufgeregt sein und das eine oder andere Detail wissen wollen. Vor allem, weil Sie, Cole, nun ja, sehr gut aussehen. Und Milliardär sind. Nicht, dass das für mich einen Unterschied macht. Menschen sind Menschen und Geld macht da keinen

Unterschied, aber ich werde ihnen die Wahrheit sagen und sie wissen lassen, dass Sie nicht der Vater sind und nicht zu ihr zurückkehren werden und das meine Tochter nichts damit zu tun hat, dass Sie sich getrennt haben.“

Ihre Mutter würde trotz ihres Versprechens darüber reden. Sie konnte nicht anders und Tulip wusste das. Am besten war es wohl, sie wusste zumindest die Wahrheit. Sie war froh, als Cole erst an die Decke blickte, dann den Kopf schüttelte und schließlich lachte.

„Mira, sie können Ihren Damen erzählen, was immer Sie wollen. Solange Sie nur dafür sorgen, dass alle wissen, dass es Ihrer Tochter gutgeht.“

Mira umarmte ihn „Danke, Cole Tanner. Ich denke, ich werde ganz verrückt nach Ihnen sein.“ Sie spähte aus dem Fenster und runzelte die Stirn. „Ich werde diesen Reportern mit meiner Schrotflinte zusetzen müssen, wenn sie nicht aufhören, auf meinen Rhododendren und Maiglöckchen herumzutrampeln.“

Tulip verzog das Gesicht und begegnete Coles alarmiertem Blick. „Gott wird ihr vergeben müssen, aber sie nimmt ihre Rhododendren sehr ernst.“

„Mira, bitte gehen Sie nicht mit Ihrer Schrotflinte nach draußen. Ich werde mich persönlich um neue Rhododendren für Sie kümmern, aber ich glaube nicht, dass es in der gegebenen Situation hilfreich wäre, wenn Sie auf Ihre Veranda träten und begännen, die Reporter mit Ihrer Schrotflinte zu bedrohen. Das wäre weder für mich noch für Sie gut, und am meisten würden Sie damit Ihrer Tochter schaden."

„Dann lasse ich die Schrotflinte im Haus. Aber ich könnte mit einem Besen auf sie losgehen."

KAPITEL ZEHN

Als sie sich erhoben, um zu gehen, fühlte sich Cole schon viel besser. Mira war eine erfrischende und unterhaltsame Frau und er hatte die Zeit mit ihr als angenehm empfunden. Mira umarmte gerade sowohl Tulip als auch ihn, als ob es kein Morgen gäbe, als er bemerkte, dass vor der Tür eine gewisse Aufregung herrschte.

Das war auch Mira nicht entgangen und sie eilte zum Fenster und spähte durch das Fliegengitter. „Ach du meine Güte." Sie eilte zur Haustür, riss diese auf und trat auf die Veranda, bevor Cole sie aufhalten konnte.

Von Tulip gefolgt trat er hinter ihr ins Freie. Alle Reporter hatten sich am Ende der Auffahrt um eine kleine, gedrungene Dame mit lockigem grauem Haar, das leicht blau getönt war, versammelt. Sie hatte ihre

Hände in die Hüften gestemmt und sprach gerade mit den Reportern.

Mira trat an den Rand der Veranda. „Beulah Anne, komm her und hör auf, mit den Reportern zu reden."

Die Dame sah zu Mira herüber, winkte und bahnte sich dann – begleitet von einem entschiedenen Nicken ihres Kopfes und einem empörten Blick – ihren Weg durch die sie umstehenden Reporter auf die Veranda zu.

„Ach, Mira, sie haben nur vor sich hingeplappert und ich bin gerade erst gekommen, weil ich sehen wollte, was in aller Welt mit deiner Tulip geschehen ist. Ich habe die Nachrichten gesehen und musste herkommen, um mich selbst davon zu überzeugen und… und da steht Cole Tanner höchstpersönlich. Oh nein, es stimmt also. Tulip Michelle Jones, bist du schuld daran, dass er und Shelly Duncan sich getrennt haben? Sind die Gerüchte wahr?"

Mira packte Beulah Annes Arm und zog sie ins Haus, während Tulip die Augen in Coles Richtung verdrehte. Unter den anhaltenden Rufen der Reporter folgten sie den beiden Frauen ins Haus. Cole starrte sie noch einmal an, bevor er die Tür zuschlug und es schlagartig leiser wurde.

Beulah Anne hatte eine Hand auf ihren üppigen Busen gelegt und starrte schwer atmend erst Cole an und ließ ihren Blick dann zu Tulip schweifen. „Ich habe dort draußen bei diesen Reportern gestanden und sie wissen lassen, dass kein Wort von dem, was sie sagten, wahr sei. Ich dachte, sie müssten sich geirrt haben. Ganz bestimmt bist du, Tulip, doch niemand, der eine Beziehung zerstört, oder?“

Beleidigt sah Mira sie an. „Beulah Anne, wenn du fortfährst, meine Tochter auf diese Weise zu beleidigen, dann werde ich dich bitten müssen, zu gehen. Du weißt doch, dass Tulip Michelle nie etwas Derartiges tun würde.“

„Nun, noch vor zwei Tagen hätte ich es nicht für möglich gehalten, doch dann ist sie vor ihrem netten jungen Mann davongelaufen und hat ihm dort vor unser aller Augen das Herz gebrochen, deswegen weiß ich ehrlich gesagt nicht mehr so recht, was ich von deiner Tulip halten soll.“

Tulip legte eine Hand auf Beulah Annes Arm und sprach behutsam auf sie ein. „Beulah Anne, du weißt, dass ich so etwas nicht tun würde, aber ich kann verstehen, wie verwirrend diese Situation erscheinen muss. Doch die Reporter nehmen einfach irgendwelche Ereignisse und drehen und wenden sie so lange, wie sie wollen. Du wirst in den folgenden Tagen alles Mögliche über mich und Cole hören. Aber ich kann dir versichern, dass nichts von dem, was du über Cole hören wirst, der Wahrheit entspricht. Er ist der netteste, stattlichste und wohlhabendste Mann, den ich je in meinem Leben kennengelernt habe und er hat mich gerettet. Ruf dir das in Erinnerung und glaube mir, dass er kein Kind mit Shelly Duncan erwartet. Er ist auch nicht einfach fortgegangen und überlässt es ihr, ein Kind allein großzuziehen. Das ist alles nur Boulevard-Klatsch – du weißt schon, sie schreiben das, um ihre Zeitschriften zu verkaufen und zu unterhalten. Wer weiß, was du in den nächsten Tagen noch über ihn oder mich lesen wirst, denn ich werde für ihn arbeiten."

Angespannt sah Beulah Anne sie an. „Du willst mir also sagen, dass alles, was sie behaupten, erlogen ist?"

„Ja, Ma'am, das ist es."

„Ich mag keine Lügner. Ich werde dem Nächsten

von ihnen, der mir sein Mikro ins Gesicht hält, das Knie dorthin rammen, wo es weh tut – das habe ich in meinem Selbstverteidigungskurs gelernt und mich schon gefragt, wann ich das mal üben könnte. Und ich versichere dir, dass ich rumerzählen werde, dass alles, was diese Zeitschriften über dich schreiben, falsch ist. Aber warum sollte diese Shelly Duncan so lügen?“

Mira und Tulip drehten sich um und blickten Cole an. Dessen Augen verengten sich, als sie ihn anstarrten; beide verschränkten die Arme und wandten sich dann wieder Beulah Anne zu.

Tulip lächelte als Erste, sie zwinkerte ihm zu und sagte: „Nun, Beulah Anne, wie ich schon sagte, ist Cole der netteste, stattlichste und wohlhabendste Typ, den ich kenne, und das ist auch Shelly Duncan nicht entgangen. Sie will ihn haben, egal wie – auch wenn das bedeutet, dass sie lügen muss. Und er wird das nicht sagen, deshalb werde ich es tun: wenn sie ein Baby bekommt, nun ja, dann wissen wir nicht, von wem es ist.“

Beulah Anne stand der Mund offen, sie klappte ihn wieder zu und sah ihn mitfühlend an.

Beinahe hätte er gelacht, aber er war zu geschockt

über die Art und Weise, wie ihn Mira und Tulip ansahen. Er würde sich wohl daran gewöhnen müssen, dass er ein netter, stattlicher, wohlhabender Typ war oder als was auch immer sie ihn bezeichnet hatten. Junge, Junge, er musste in einem Paralleluniversum gelandet sein oder so. „Meine Damen, ich würde es vorziehen, nur als netter Kerl bekannt zu sein. Ihr könnt den Teil mit dem wohlhabend und dem stattlich weglassen."

„Siehst du? Genau, wie ich es dir gesagt habe, Beulah Anne", sagte Mira. „So ein netter Mann. Ich finde ihn bezaubernd und ich kenne ihn erst seit Kurzem."

„Und ich finde dich auch bezaubernd, Mira. Doch ich denke, dass wir jetzt aufbrechen sollten, wo wir Beulah Anne vor den Wölfen da draußen gerettet haben. Beulah Anne, willst du mit uns gehen oder ist es in Ordnung für dich, wenn sie noch dort sind, wenn du aufbrechen möchtest?"

Beulah Anne sah ihn äußerst selbstgefällig an. „Jetzt, wo ich weiß, dass sie solche Geier sind und nur Lügen zum Besten geben, werde ich mit ihnen umgehen können. Auch wenn ich mich bemühen werde, Tulip nicht in Verlegenheit zu bringen, sollten sie mich in den Nachrichten zeigen. Apropos, in den Nachrichten zeigen – Mira, wie sehen meine Haare aus?“

Da das geklärt war, streckte Cole seinen Arm aus und Tulip schob ihren durch seine Armbeuge. „Wir werden jetzt gehen.“ Sie umarmten sich und verabschiedeten sich voneinander; er wurde von beiden Damen in eine feste Umarmung gezogen. Er musste sich bücken, damit sie die Hände um seinen Hals legen konnten und erwiderte ihre Umarmungen. Diese beiden waren auf Tulips Seite und das bedeutete ihm viel.

Sobald sie auf die Veranda hinaustraten, wurden sie erneut mit Fragen bestürmt.

„Ziehen Sie bei ihm ein?“, wollte einer der Reporter von Tulip wissen, als sie sich durch die Wartenden die Stufen hinabschoben.

„Ich ziehe nicht bei Cole ein. Wir sind nur Freunde. Tatsächlich ist er mein Arbeitgeber. Ich werde die Gärten rund um sein Haus neugestalten. Genau wie er es vor Kurzem einem von Ihnen mitgeteilt hat. Und jetzt würde ich vorschlagen, dass Sie aufhören, hier überall herumzustapfen, denn meine Mutter hängt sehr an ihren

Rhododendren und den Maiglöckchen.“

Weitere Fragen wurden gestellt, doch er und Tulip hatten dem Gesagten nichts hinzuzufügen. Er erreichte seinen Truck, riss die Tür auf und sie stieg ein. Er folgte ihr unverzüglich, sie rutschte auf ihre Seite hinüber und er schloss die Tür.

Einem Reporter gelang es, sein Mikrofon durch die Tür zu schieben, bevor sich diese schloss.

„Cole Tanner, was werden Sie in Bezug auf Ihr Baby mit Shelly tun? Haben Sie vor, es im Stich zu lassen?“

„Ich sage es noch einmal: Ich bin nicht der Vater von Shelly Duncans Baby. Darüber sollten Sie mit Shelly sprechen.“ Dann riss er an der Tür und der Reporter schaffte es gerade noch rechtzeitig, seine Hand zurückzuziehen.

* * *

Tulip atmete erleichtert auf, als sie das Haus ihrer Mutter hinter sich ließen. Im Rückspiegel sah sie jedoch, wie mehrere Reporter in ihre Fahrzeuge sprangen und ihnen folgten.

„Genau das habe ich befürchtet“, meinte Cole, während er den Wagen mit einer Hand lenkte und sich mit der anderen seinen Bluetooth-Kopfhörer ins Ohr steckte. „Ich muss einen Anruf tätigen.“

„Klar“ erwiderte sie, abgelenkt vom Anblick der ihnen folgenden Wagen.

Er sagte den Namen Luke Despain und dann nach einem Moment: „Luke, hey Kumpel, hier ist Cole Tanner. Ja, es ist schon eine Weile her. Hör mal, ich verlasse gerade Wimberly und habe eine Horde Reporter im Nacken sitzen. Wir fahren in Richtung deiner Ranch. Bist du zu Hause?“

Sie hörte nur seinen Teil des Gesprächs und war etwas verwirrt.

„Fünfzehn Minuten, höchstens.“ Coles Lippen verzogen sich zu einem Lächeln. „Klingt gut, Luke. Ich schulde dir was.“ Cole lachte. „Ja, ich dachte mir schon, dass dir das den Tag versüßen würde. Viel Spaß. Ich werde dir zuwinken, wenn wir vorbeikommen.“

Sie war gespannt, was er und dieser Luke ausgeheckt hatten. „Worum ging es da?“

Er bog auf die Hauptstraße ab, die in die Nachbarschaft ihrer Mutter hineinführte und gab dann Gas. Er passierte eine gelbe Ampel, kurz bevor diese auf Rot sprang.

Zu ihrer Überraschung überquerten hinter ihnen noch drei Wagen die Kreuzung. „Sie sind bei Rot gefahren."

„Diese Leute sind verrückt. Es ist ein Wunder, dass sie niemanden umgebracht haben." Er runzelte, als er in den Rückspiegel sah.

Sie seufzte. „Menschen wie diese bringen andere um. Wie Prinzessin Diana und andere. Es ist schrecklich."

Er streckte die Hand aus und bedeckte ihre mit seiner. „Das stimmt, aber heute werden wir sie aufhalten. Gib mir noch ein paar Minuten, bis wir die Stadt hinter uns gelassen haben, dann werden sie uns für heute nicht mehr verfolgen. Darum ging es bei meinem Anruf."

Seine Hand fühlte sich warm und beruhigend an. „Was hast du vor?", fragte sie.

Er lächelte. „Hab noch etwas Geduld." Er grinste

und zwinkerte ihr dann zu.

Sie spürte, wie ein Teil der Anspannung von ihr abfiel. Cole hatte die Situation unter Kontrolle. Cole schien die Dinge immer unter Kontrolle zu haben, eine beruhigende Eigenschaft wie sie fand. Ob er das wirklich tat oder nicht war gar nicht so wichtig; er sorgte dafür, dass sie sich ebenso sicher fühlte wie er. Und das half ihr, zur Ruhe zu kommen, was sie insbesondere an diesem Tag zu schätzen wusste.

Fünfzehn Minuten später löste er seine Hand von Tulips und legte sie wieder auf das Lenkrad, während sie sich einer Ranch und einem Schild mit der Aufschrift Despain Ranch näherten.

Sie erblickte einen Mann auf einem Pferd und ein paar weitere in einem Geländefahrzeug. Hinter ihnen befand sich eine Herde Kühe, die von weiteren Cowboys auf Pferden flankiert wurde.

„Was machen sie?“, wollte sie wissen. Die Männer erweckten den Eindruck, als wären sie bereit und warteten auf etwas.

„Das sind Luke und seine Rancharbeiter.“ Cole winkte ihm zu, während er den Truck an der Gruppe vorbeilenkte. „Schau durch das rückwärtige Fenster, wenn du magst. Das wird eine ziemliche Show.“

Tulip drehte sich um, um durch das hintere Fenster zu blicken. „Die Kühe überqueren die Straße und sie müssen anhalten.“ Sie lachte. „Da kommt jetzt niemand durch.“

Sie starrte ihn an und er grinste zurück. „Es wird eine Weile dauern, bis sie weiterfahren können. Luke wird sie so lange wie möglich aufhalten, bis sich der Verkehr zu sehr staut. Deswegen haben wir diesen Weg genommen – die Straße ist nicht allzu stark befahren und hier herrscht nicht viel Verkehr.“

„Großartig. Du hast sie abgehängt.“

„Sie wissen, wo wir leben und werden irgendwann zur Ranch kommen. Es macht mir einfach Spaß, ihnen das Leben etwas schwerer zu machen. Außerdem haben wir so Zeit gewonnen, um auf das Grundstück zu gelangen. Wir können uns hinter die Zäune zurückziehen und alles wird sich finden.“

„Das klingt gut. Ich bin sie leid und diese Aktion hat mir genauso viel Spaß gemacht wie dir und deinem Freund. Aber ich hoffe, dass sie es bald müde werden und sich eine andere Beschäftigung suchen.“

„Das werden sie.“

Sie wählte ihre nächsten Worte sorgfältig. „Aber was ist mit Shelly? Diese Geschichte wird sich länger halten als meine. Und so wie es aussieht, konzentrieren sie sich darauf.“ Sie befürchtete, dass diese nicht so leicht wieder in der Versenkung verschwinden würde, wie die über sie als autoklauende, fortgelaufene Braut, die sich im Schatten des Skandals um ihn totzulaufen schien.

„Ein künstlich geschaffener Skandal. Harold kontaktiert in diesen Minuten Shellys Leute. Bezüglich einer Unterlassungsaufforderung. Sie versucht, zu bekommen was sie kriegen kann. Nachdem sie mit Harold gesprochen hat, wird sie sich zurückhalten. Ich hoffe, du hältst mich deswegen nicht für einen schlechten Menschen.“

„Nein. Wenn das Baby nicht von dir ist und sie nur versucht, dich auf diese Weise dazu zu bringen, dich zu heiraten, dann gibt es nichts, weswegen du dich schlecht fühlen müsstest, und ich kann dir nichts vorwerfen. Es ist mir gleich, ob Männer oder Frauen das tun – wenn jemand lügt, ist das falsch. Ich finde, da sind wir bei Dingen wie der Frauenbewegung – und glaub mir, ich bin dafür, dass auf Frauen nicht herumgetrampelt wird, dass sie ihre Rechte durchsetzen können und man ihnen glaubt, aber jede Frau, die einen Mann fälschlicherweise einer solchen Sache beschuldigt, schadet damit den Frauen, die wirklich Geschichten zu erzählen haben, die gehört werden sollten. Ich verachte Frauen, die anderen Frauen schaden, weil sie derartige Lügen in die Welt setzen."

„Das gibt es auf beiden Seiten. Ich kann es nicht ausstehen, wenn Männer Frauen schlecht behandeln. Deswegen macht es mir so viel Spaß, mich um dich zu kümmern. Aber ich mag es genauso wenig, wenn man versucht, mir eine Falle zu stellen. Aus diesem Grund werden wir sie darüber in Kenntnis setzen, dass ich, sollte sie wirklich schwanger sein, einen Vaterschaftstest fordern werde, sobald das Baby da ist. Nur um meinen Ruf wiederherzustellen. Sie weiß, dass ich nicht der Vater bin, also wird das hoffentlich dafür sorgen, dass sie ihre Lüge zurücknimmt."

Sie fühlte mit ihm. Erleichterung überkam sie, als

der Wagen langsamer wurde und sie auf die Auffahrt zu seiner Ranch einbogen. Sie hatte sie den ganzen Morgen über vor Augen gehabt und sich nichts bei den riesigen Eisentoren, dem Steintor und den schwarzen Zäunen gedacht, als sie erfahren hatte, dass hier Milliardäre lebten. Als er nun einen Knopf auf seinem Armaturenbrett drückte, der die Tore öffnete, entdeckte sie die Überwachungskameras, die auf sie gerichtet waren, während sie auf das Grundstück fuhren. Wahrscheinlich gab es noch weitere, die sie nicht sehen konnte.

„Jedes Tor zu dieser und jeder anderen Ranch, die wir besitzen, ist ähnlich geschützt. Das ist einer der Gründe, warum ich wollte, dass du mit mir kommst. Das Jobangebot mit den Gärten ist mir danach zugeflogen, aber es ist perfekt. Du bist hier in Sicherheit, bis diese ganze lächerliche Situation aus dem Weg geräumt ist."

* * *

Tulip starrte das süße kleine Haus an, vor dem Cole gehalten hatte. Es war eine Blockhütte mit einem

Steinkamin, und auf der Veranda hing eine rote Schaukel – eine Schaukel für zwei. Augenblicklich sah sie sich selbst, eingehüllt in eine kuschelige Decke, auf dieser Veranda sitzen, ihren Morgenkaffee in den Händen und den Geräuschen der erwachenden Ranch lauschend. Diese Vision wurde unvermittelt von einem Bild verdrängt, wie sie sich mit Cole in ebenjene Decke kuschelte und den Geräuschen des Abends lauschte.

Unwillig schob sie diese Vorstellung beiseite. Sie war hier, um zu arbeiten und sich zu verstecken, und das Letzte, was sie tun sollte, war, dieser wachsenden Schwärmerei – Verliebtheit – die sie für diesen Mann empfand, zu gestatten, außer Kontrolle zu geraten. Er hatte es nicht verdient, dass sie ihm derartige Probleme bereitete. Nein, sie würde lediglich Pläne für Verbesserungen der Veranden ausarbeiten, die sie bereits besaßen. Auch einen Pavillon konnte sie sich vorstellen. Seine Mutter hatte ein paar wunderschöne Blumen gepflanzt; sie wollte diese um einige ergänzen und ihnen die benötigte Aufmerksamkeit zukommen lassen, denn sie waren vernachlässigt worden. All die wunderschönen Rosen, die hier gepflanzt worden waren, mussten zurückgeschnitten werden – all die kleinen Blüten, die verblüht waren und an der Pflanze belassen worden waren, mussten abgeschnitten werden. Eine aufwändige Aufgabe, aber eine dringend nötige, wollte man, dass die roten Rosen wieder im Überfluss blühten. Sie liebte es, das zu tun – die Rosen zurückschneiden – wenn sie aufgebracht war. Es ging doch nichts über das Abschneiden der Rosenknospen um seinen Ärger loszuwerden.

Es war allemal besser, einen Rosenstrauch zu beschneiden, als der Versuchung nachzugeben, sich in die sozialen Medien einzuloggen und dort ihren Ärger für jeden sichtbar zur Schau zu stellen. Zum Glück gab es auf diesem Grundstück viele Rosen, die geschnitten werden mussten. Sie fand diese Arbeit äußerst vielversprechend, freute sich aber ebenso auf die vor ihr liegende Veränderung der Gärten. Gelbe Wandelröschen zu Füßen der Rosen würden einen hübschen Kontrast abgeben und die Seiten der Hütte verschönern.

Sie sah Cole an. „Sie ist hinreißend. Werde ich hier wohnen?“

„So habe ich es mir vorgestellt. Wenn es dir gefällt.

Du kannst gern auch das Zimmer im Haus nehmen, in dem du letzte Nacht geschlafen hast, aber ich dachte, dies hier wäre besser. So hättest du mehr Privatsphäre.“

„Oh nein, ich liebe es hier. Mir wird es hier draußen an nichts fehlen. So bin ich euch nicht im Weg – und ihr könnt tun, was ihr sonst auch tut. Ich werde mir hier mein Homeoffice einrichten. Ich kann es kaum erwarten, mit der Landschaftsgestaltung zu beginnen. Du musst mir nur sagen, was du willst, wo du es willst und wo ich anfangen soll. Ich neige manchmal dazu, ein wenig extravagant zu sein, bei dem, was ich schaffe, besonders wenn es einen Pool gibt und ich habe gesehen, dass sich dort hinten einer befindet. Schwimmst du darin?“ Sie stellte sich Cole Tanner nicht als einen Mann vor, der an einem Pool faulenzte, aber vielleicht schwamm er Bahnen… Auch wenn er Cowboy war und das Schwimmen von Bahnen nicht so recht zu ihm passen mochte.

„Es ist allseits bekannt, dass ich gern schwimme, aber eher in den Seen auf dem Ranchgelände. Der Pool gehört meiner Mutter, die nicht gern in Seen schwimmt.“

„Da bin ich ganz ihrer Meinung, ich war noch nie in einem See schwimmen."

„Komm schon, du weißt nicht, was du verpasst. Es gibt nichts Schöneres als an einem heißen texanischen Tag in das kühle Wasser eines Sees zu tauchen, der von einem kalten Bach gespeist wird."

„So wie du es beschreibst, klingt es verlockend."

„Verbring Zeit mit mir und du wirst dich in einem See widerfinden, bevor du es dich versiehst."

Bei dem verlockenden Gedanken daran, mit Cole zu schwimmen, wirbelten Schmetterlinge durch ihren ganzen Körper.

Sie stiegen aus dem Truck und die Stufen hinauf. Sie ging auf die Schaukel zu und stieß diese an. Sie schien sie regelrecht einzuladen. Erneut schob sie ein Bild von sich und Cole, wie sie aneinander gekuschelt darauf saßen, beiseite. Damit hörte sie besser auf.

Cole öffnete die Tür und stieß sie auf, und sie ging hinein. Von innen war die Hütte genauso süß wie von außen. Der Steinkamin verfügte über eine entzückende Feuerstelle. Er war in Rot-, Braun- und Blautönen gehalten und einfach wunderschön.

Doch die Schränke in der kleinen Küche waren atemberaubend.

„Hast du die gebaut?“

„Ich habe dem Mann geholfen, der diese Hütte errichtet hat. Die hier haben wir als Erste gebaut, ich habe gelernt, Schränke und andere Dinge zu bauen, während ich ihm half, die Hütten zu bauen. Während dieser Arbeit habe ich meine Liebe für diese Tätigkeit entwickelt.“

Sie fuhr mit der Hand über die glatte Kante des Holzes. „Du hattest einen großartigen Lehrer, sie sind unglaublich schön.“

„Danke. Die meiste Arbeit an diesen Schränken hat er selbst erledigt, denn wie gesagt, war ich noch sehr unerfahren, als wir diese Schränke gezimmert haben. Aber ich habe viel gelernt, als ich ihm dabei zusah. In den letzten Hütten, die wir errichtet haben, habe ich den Großteil der Schränke gebaut. Er hat mir freie Hand gelassen, sodass ich ihm zeigen konnte, was ich bereits wusste. Ich hatte eine tolle Zeit. Es gibt noch einige weitere Hütten.“

Sie drehte sich langsam um und betrachtete das

hübsche kleine Zimmer. „Ich werde mich hier wohlfühlen."

„Gut. Dann lass uns zum Haus hinübergehen und etwas essen. Dann werde ich dir eine Zahnbürste und Nachtzeug raussuchen und was du sonst noch für die Nacht brauchen solltest. Wir werden uns morgen rausschleichen und dir ein paar Klamotten und alles andere besorgen, was du benötigst. Ich bin mir sicher, dass du nach diesem Tag etwas Ruhe gebrauchen kannst."

„Das ist wahr. Ein Bad in dieser schönen Klauenfußwanne wird himmlisch sein."

KAPITEL ELF

Cole wurde verrückt. Drei Tage, nachdem Tulip ins Gästehaus gezogen war, hatten sich die Dinge vor den Toren der Ranch beruhigt. Sein Anwalt hatte Darwin darüber in Kenntnis gesetzt, dass er die Konsequenzen würde tragen müssen, sollte er weiterhin versuchen, Tulip zu schaden. Er hatte eine eingehende Untersuchung von Darwins Geschäftsbeziehungen in Aussicht gestellt und ihm den vorläufigen Bericht gezeigt, den Coles Ermittler Jensen mit einem Mindestmaß an Aufwand zusammengestellt hatte.

Innerhalb einer Stunde hatte Darwin seine Anklage stillschweigend zurückgezogen.

Wegen Darwin hatte sich Cole aber auch keine Sorgen gemacht, der Typ war ein Nichts. Shelly Duncan jedoch hatte sich immer noch nicht entschieden, was sie tun würde. Harold hatte angerufen und ihm mitgeteilt, dass sie nach wie vor behauptete, Cole wäre der Vater ihres Babys. Cole wusste, dass dies ein Wunder bedeutet hätte, da er nicht mit der Frau geschlafen hatte. Er hasste es, für etwas, das er nicht getan hatte, in die Bredouille geraten zu sein und dass Shelly ihm dies antat. Sie hatten einfach nicht zueinander gepasst und verfolgten unterschiedliche Ziele im Leben, aber er hatte sie nicht für einen Menschen gehalten, der versuchen würde, einen Mann mittels Tricks dazu zu bringen, sie zu heiraten. Er empfand die Situation als verwirrend und wusste nicht so recht, wie er damit umgehen sollte. Wahrscheinlich würde er sie aufsuchen und von Angesicht zu Angesicht mit ihr darüber sprechen müssen.

Aber das war es nicht, was ihn verrückt machte. Es starrte aus dem Fenster seines Büros und beobachtete Tulip bei der Arbeit. Er schwärmte für diese Frau. Sie hatte sich mit dem Enthusiasmus einer Besessenen an die Umgestaltung seines Gartens gemacht. Es war offensichtlich, dass sie es liebte, mit Blumen und Steinen zu arbeiten. An den ersten Tagen hatte sie mit äußerster Sorgfalt die toten Blüten von den vielen Rosensträuchern seiner Mutter abgeschnitten. Sie hatte ihm gesagt, dass sie das als eine Art Therapie empfand.

Wenn dies der Fall war, konnte es ihr an Therapie nicht gemangelt haben. Er hatte ihr zu verstehen gegeben, dass sie bestellen könne, was immer sie benötigte und heute hatte sie um Steine gebeten.

„Steine?“, hatte er wissen wollen und in Anbetracht ihrer Ernsthaftigkeit in sich hineingelacht.

„Ja, ein paar, die einem ungefähr bis zum Oberschenkel reichen und ein paar etwa kniehohe.“ Sie hatte gelächelt und leicht gegen das Sonnenlicht angeblinzelt.

Sie war so süß gewesen, dass es ihm schwergefallen war, sich auf ihre Worte zu konzentrieren. „Klar.“

„Großartig. Es wird super werden.“

Sie hatte sich umgedreht und war weggegangen, um sich wieder an die Arbeit zu machen und er hatte längere Zeit einfach nur dagestanden wie ein verknallter Jugendlicher. Dann war er hineingegangen und hatte der Dame ihre Steine bestellt. Steine gab es reichlich in Hill Country und sie würden morgen nach dem Mittagessen geliefert werden.

Bisher hatte sie die gesamte Arbeit selbst erledigt und lediglich angemerkt, dass sie Bescheid geben würde, wenn sie Hilfe brauchte, sodass er ihr ein paar seiner Arbeiter schicken konnte. Doch im Moment brauche sie die Energie, die ihr die Arbeit verschaffe, was er verstand, und deshalb grub sie nun in der Erde, buddelte und pflanzte.

Er sah ihr gern bei der Arbeit zu. Immer wieder stand sie da, die Hände in die Hüften gestemmt und betrachtete einen Bereich so intensiv, dass er sich fragte, was sie vor sich sah. Nachdem sie etwa eine Minute geschaut hatte, ging sie für gewöhnlich an die Arbeit. Und wie sie gesagt hatte, war so viel Graben und Umschichten notwendig, dass er keine Ahnung hatte, was sie eigentlich tat, aber sie sah großartig dabei aus. Tulip Jones in Shorts und Tanktop, braun gebrannt und muskulös mit Haaren, die ihr den Rücken hinunterflossen und dem zufriedenen Ausdruck im Gesicht bot eine Ablenkung, der er sich nicht entziehen konnte. Sie arbeitete, während Cole kaum etwas erledigt bekam.

Es klopfte an seiner Bürotür. „Komm rein“, rief er in dem Bewusstsein, das der einzige Mensch, der sich mit ihm im Haus befand, seine Haushälterin Rose war. Als sie gestern zu ihrem ersten von vier Arbeitstagen in der Woche erschienen war, hatte sie Tulip kennengelernt und sich auf Anhieb so gut mit ihr verstanden, als würden sie sich schon seit Ewigkeiten kennen.

Er wirbelte in seinem Stuhl herum, blickte auf den Bildschirm seines Computers und drückte eine Taste, um ihn zum Leben zu erwecken.

Rose steckte den Kopf zur Tür herein. „Cole, ich habe mich gefragt, ob du vielleicht noch mehr ungesüßten Tee möchtest?“

„Hast du meine Gedanken gelesen? Ich habe hier nur so rumgesessen und an ungesüßten Tee gedacht.“

Sie lachte und kam herein. „Gut. Eigentlich war der Tee nur ein Vorwand. Ich habe Tulip beobachtet, sie arbeitet hart. Ich mag sie.“

„Ich glaube, sie mag dich auch. Ihr zwei benehmt euch, als ob ihr euch schon lange kennen würdet.“

Rose schenkte ihm Tee nach. „Wir sind beide eher bodenständige Leute, weißt du, was ich meine?“

„Tue ich."

„Wie gefällt dir Tulip, Cole?"

Er kannte Rose schon lange und blickte sie nun mit einer gewissen Vorsicht an. „Ich mag sie sehr. Warum fragst du?"

Rose lachte. „Cole Tanner, ich mag ja einige Jahrzehnte älter sein als du, aber das heißt nicht, dass ich keine Augen im Kopf habe. Ich habe nie gedacht, dass das mit Shelly Duncan irgendwohin führen würde, weil sie einfach nicht zu dir passte. Mit Tulip ist das jedoch etwas ganz anderes. Als sie zum Frühstück hereinkam, habe ich sehr deutliches Interesse in deinen Augen gesehen. Warum gehst du nicht hinüber und lädst sie zum Abendessen ein oder so?"

„Weil…" Das war tatsächlich eine gute Frage – eine, mit der er sich noch nicht wirklich auseinandergesetzt hatte.

„Weswegen? Wegen nichts. Hier ist meine Idee. Da all diese nervigen Kameramänner am Tor herumhängen – Gott sei Dank waren es als ich heute Morgen kam schon weniger – werde ich heute Abend ein wirklich gutes Essen kochen und es in die Wärmeschublade tun.

Ich werde einen schönen Tisch auf der Terrasse decken, sodass du sie um ein Date bitten kannst. Nur du und sie werden da sein – ich weiß, dass Austin die nächsten drei Tage im Krankenhaus arbeitet. Und deine anderen Brüder kommen nicht vorbei, während all die Reporter dort draußen sind. Der perfekte Abend für eine Verabredung.“

„Hm, Rose, wenn ich so weit bin, mich wieder zu verabreden, dann werde ich dafür nicht deine Hilfe brauchen.“

Sie stellte den Teekrug auf den Schreibtisch und verschränkte die Arme vor der Brust. „Da bin ich anderer Ansicht. Ich denke, wenn du vorhättest, sie zu fragen, dann hättest du es bereits getan. Ich weiß nicht recht, was dich zurückhält, aber ich denke, du brauchst einen kleinen Schubs oder einen Tritt in den Hintern. Lass dich von dieser Sache mit Shelly nicht von etwas Gutem abhalten. Und ja, ich weiß über Shelly und dieses Baby Bescheid. Es steht in jedem Klatschmagazin. Aber ich habe auch über meine Nichte davon erfahren, die die Dame kennt, die Shellys Haare macht. Sie hat ihrer Friseurin gesagt, dass du der Vater ihres Babys bist.“

„Das stimmt nicht-“

„Oh, das weiß ich. Du würdest dich niemals vor deiner Verantwortung drücken. Deswegen habe ich kein Wort geglaubt. Doch darum geht es gar nicht. Es stimmt, du hast es deswegen gerade nicht leicht, aber du solltest nicht zulassen, dass dich das davon abhält, eine Sache zu verfolgen, die sich als die Beste deines Lebens herausstellen könnte. Ich habe schon lange nicht mehr gesehen, dass du ernsthaft an einer Frau interessiert warst. Weißt du, du hast dich einfach zu Tode gelangweilt, was im Grunde dazu geführt hat, dass du mit Shelly ausgegangen bist. Doch wenn du Tulip ansiehst, dann hellt sich dein Gesicht auf. Wenn deine Mutter hier wäre, wäre sie ganz aufgeregt. Wie auch immer, am besten gehst du gleich hinaus und bittest die Frau darum, mit dir zu Abend zu essen. Es wird fertig sein, wenn ich gehe, also liegt es an dir.“ Sie zwinkerte und ging zur Tür. „Du warst schon immer ein kluger Mann.“

Er gluckste, als sie den Raum verließ. Sie hatte schon was.

Er hatte hier herumgesessen und war zu keiner

Entscheidung gekommen, doch dann hatte Rose gesagt, was er hatte hören müssen. Sie hatte absolut recht. Er würde mit Tulip zu Abend essen… wenn sie denn zustimmte.

* * *

Tulip starrte ihr Spiegelbild im Badezimmerspiegel an und versuchte, ihre Nerven zu beruhigen. Sie hatte schon vorher Schmetterlinge im Bauch gehabt, wenn sie in Coles Nähe gewesen war, aber an diesem Abend war es noch einmal anders, weil er sie zum Abendessen eingeladen hatte.

Seit sie in die Hütte gezogen war und mit der Arbeit an den Gärten begonnen hatte, hatte sie sich darum bemüht, ihn als niemand anderen wahrzunehmen als ihren Chef oder den netten Kerl, der sie gerettet hatte. Das hatte jedoch nicht allzu gut funktioniert. Und wenn sie sich unterhalten hatten, hatte sie gespürt, dass es ihm womöglich genauso erging. Doch sie hatte gedacht, dass sie sich sein Interesse vielleicht nur einbildete.

Am Morgen, nachdem sie in die Hütte gezogen war,

hatten sie sich über einen Schleichweg davongemacht und er war mit ihr einkaufen gegangen. Sie hatten beide Hüte getragen und es geschafft, niemandes Aufmerksamkeit auf sich zu ziehen. Dankbar hatte sie festgestellt, dass nicht jeder die Boulevardzeitungen las oder sie ins Rampenlicht zerren wollte, wenn er sie erkannte. Sie hatten gerade ihre neuen Klamotten im Truck verstaut, als Harold angerufen hatte um ihnen mitzuteilen, Darwin habe alle Anklagepunkte fallengelassen und würde sie nicht mehr stören. Bei diesen Neuigkeiten hatte sie ohne nachzudenken ihre Arme um Coles Hals geschlungen und ihn an sich gedrückt, während sie ihm mehrfach gedankt hatte.

Als sich seine Arme fester um sie gelegt hatten, hatte auch sie die Umarmung verstärkt. Sie hatte ihn küssen wollen. Diese Erkenntnis hatte dafür gesorgt, dass sie sich aus seinen Armen gewunden hatte und seit diesem Moment kämpfte sie darum, sich nicht von den Gefühlen mitreißen zu lassen, die sie für ihn empfand.

Sie starrte ihr Spiegelbild an, strich den Rock ihres weichen, grünen Sommerkleides glatt und fragte sich, was sie tun würde. Sie war gerade erst zwei verschiedenen schlechten Situationen entronnen, was tat sie da also?

Sich mehr über ein Abendessen freuen als je zuvor in ihrem Leben.

Sie holte tief und langsam Luft, ging zur Tür der Hütte, öffnete diese und trat auf die Veranda hinaus. Als Cole früher am Tag aus dem Haus gekommen war, hatte sie gerade mit den Händen in der Erde herumgewühlt und gedacht, er würde kommen, um ihr ein Update zu den Steinen zu geben, um deren Bestellung sie ihn gebeten hatte. Das hatte er auch getan und sie wissen lassen, dass ihre Order auf dem Weg sei. Im Anschluss hatte er sie gefragt, ob sie mit ihm auf der Terrasse zu Abend essen würde, eine besondere Mahlzeit, die Rose zubereitet hatte.

Sie hatte keine Ahnung, was an diesem Abend geschehen würde, ob sie morgen noch für ihn würde arbeiten können oder nicht. Sie würde sich dem Moment stellen müssen, wenn er kam. Sie ging die Stufen hinunter und lief über den Parkplatz. Sie sah, dass er auf der Terrasse herumlief und beobachtete, wie er eine Flamme entzündete. Er zündete Kerzen an.

Vorfreude erfüllte sie. Sie war auf halbem Weg über den Felsen, als er auf sie traf. Der Mann sah einfach umwerfend aus. Er trug ein schwarzes Hemd mit Knöpfen – wahrscheinlich ein Western-Shirt. Als sie näherkam, erkannte sie, dass er Jeans trug, die perfekt saßen. Seine Gürtelschnalle blitzte im Licht des späten Nachmittags und er trug feine Stiefel, nicht die staubigen Arbeitsstiefel, die er in den letzten Tagen getragen hatte. Dies war in der Tat ein Date.

Er lächelte, als sie näherkam. Sie hielt inne. Er blieb einen halben Meter von ihr entfernt stehen. Oh, sie hätte sich in diesem Moment in seine Arme werfen können. Es war schrecklich, ihre Füße in den Boden stemmen zu müssen.

„Ich bin vielleicht ein bisschen früh dran."

„Ja, das bist du. Ich wollte zu dir kommen und dich abholen, aber das ist schon in Ordnung. Du siehst wunderschön aus."

Ihr Herz machte einen kleinen Satz. „Danke. Und du siehst äußerst gut aus."

Er streckte einen Arm aus; sie wand ihren Arm durch seine Armbeuge und gemeinsam schritten sie über den Kies.

* * *

Rose hatte sein Lieblingsessen zubereitet – ihre unglaublichen Käse Enchiladas – dazu einen Salat und einen Okra-Auflauf. Gute texanische Hausmannskost – nichts allzu Ausgefallenes, was wie er vermutete, signalisieren sollte, dass sie begriffen hatte, dass Tulip eine gute, bodenständige Frau war. Er zog ihr den Stuhl heraus, als sie auf die Terrasse traten und zum Tisch gingen. „Alles ist vorbereitet. Du musst dich nur noch hinsetzen und es genießen. Dies ist Roses Spezialität und mein Lieblingsessen, aber ich wusste nicht, dass sie es machen würde. Ich hatte keine Ahnung, aber ich weiß es zu schätzen, dass sie es zubereitet hat.“ Er hatte lediglich die Teller aus der Wärmeschublade holen müssen.

Tulip lächelte und sah auf den Tisch. „Das sieht lecker aus. Ich bin ebenfalls ein großer Fan von Enchiladas.“

Sie ging an ihm vorbei, um sich auf den Stuhl zu

setzen, und er nahm den leichten Duft süßer Blumen wahr, der ihn dazu brachte, sich nach vorne lehnen und seine Nase in ihren hübschen zimtfarbenen Wellen vergraben zu wollen. Doch das tat er nicht. Seine Hände griffen fest nach dem Stuhl, als er diesen nach vorne schob und sich selber sagte, er solle es ruhig angehen lassen und den Abend genießen. Und das würde er, soviel war sicher.

Der Tisch war rund und von vier Stühlen umstanden und er nahm auf dem Stuhl neben ihr Platz, nicht gegenüber von ihr. So hatte Rose den Tisch gedeckt und genauso wollte er es; er wollte nicht, dass sich der gesamte Tisch zwischen ihnen befand. Auf dem Platz ihr gegenüber stand der volle Teekrug und eine Karaffe Wasser mit Zitrone. „Wir haben auch Wein, wenn du ein Glas möchtest."

„Nein, danke. Tee ist genau richtig, bitte."

Er griff nach dem Krug und goss Tee in ihr Glas. Er war ihm nur recht, etwas zu tun zu haben, während sein Gehirn versuchte, herauszufinden, worüber er sprechen sollte.

Sie sah wunderschön aus. Sein Herz hatte schneller

in seiner Brust zu schlagen begonnen, als er über den Hof geschaut und sie auf halbem Weg entdeckt hatte. Das weiche grüne Sommerkleid brachte das Grün in ihren Augen zur Geltung und der Rock flatterte ihr um die Schenkel. Ihre Haut glänzte golden im Sonnenlicht, sogar noch mehr als sonst. Es war nicht zu übersehen, dass sie meist unter der Sonne arbeitete. „Du hast keinen Sonnenbrand." Auf diese Weise begann er das Gespräch.

Sie lächelte. „Ich weiß – es grenzt an ein Wunder. Ich habe meinen Hautton von meinem Vater. Er starb, als ich noch klein war, er war zum Teil italienischer Abstammung. Zum einen Teil entstamme ich also dem irischen Hintergrund meiner Mutter, meinem Vater hingegen verdanke ich meine olivfarbene Haut. Eine Mischung, die sich durchaus lohnt. Besonders wenn man bedenkt, was ich den ganzen Tag über tue. Ich versuche, mich der Sonne nicht allzu sehr auszusetzen, aber zum Glück bekomme ich nicht einmal annähernd so schnell einen Sonnenbrand wie das der Fall wäre, wenn ich nur irischer Herkunft wäre. Ich kenne zwar auch viele Menschen mit irischem Hintergrund, die braun werden, aber nicht so schnell und ich bin kein Profi in diesem Bereich, aber Rothaarige sind in der Regel empfindlicher gegenüber Sonnenschein.“ Sie lachte. „Ich glaube, man merkt, dass ich ein bisschen nervös bin. Ich rede zu viel, wenn ich nervös bin.“

Aus einem Impuls heraus streckte er die Hand aus und legte sie auf ihre. Er drückte sie sanft. „Ich werde ehrlich sein. Auch ich bin etwas nervös. Ich habe mir Gedanken darüber gemacht, ob es eine gute Idee war, dich um ein solches Date zu bitten, schließlich arbeitest du für mich und bist hier draußen quasi gefangen. Wenn du zu einem Date nicht Ja sagen willst, verletzt du meine Gefühle nicht, okay? Hast du verstanden?“

Sie starrte ihn an. Ihr Gesichtsausdruck wurde so sanft, dass sich sein Herz zusammenzog.

„Danke. Apropos, eine unserer Vereinbarungen war, dass du mir beibringen würdest, auch in unangenehmen Situationen Nein zu sagen. Ich werde darauf zurückkommen, nur damit du es weißt.“

Er lächelte, zog dann seine Hand von ihrer fort, nachdem er sie noch einmal leicht gedrückt hatte, um nach dem Salatbesteck zu greifen. „Keine Sorge, das steht ganz oben auf meiner Liste. Ich wollte nur, dass du dich erst mal einlebst, bevor wir mit den Nachhilfekursen beginnen.“

Sie lachte und er tat es ihr gleich.

„Salat?“

Anstelle einer Antwort hielt sie ihm ihren Teller hin und er häufte eine reichliche Portion Salat auf ihren Salatteller.

„Da ist lauter gutes Grünzeug drin. Rose hat dort hinten einen Garten – ich weiß nicht, ob du ihn bereits bemerkt hast. Sie liebt diesen Garten. Sie hat auch einen zu Hause; aber sie besteht darauf, hier und dort einen zu haben. Sie hat einen grünen Daumen. Ich wette, den hast du auch.“

„Mir ist der Garten aufgefallen und ich habe mich deswegen gewundert, denn es besteht ein erheblicher Unterschied darin, wie der Garten aussieht und wie es um die Blumen bestellt ist. Ich dachte mir schon, dass es damit etwas auf sich hat.“

„Jetzt weißt du es. Rose hat keine Zeit, sich auch noch um die Blumen zu kümmern, sie hat schon genug damit zu tun, für uns zu sorgen und aufzuräumen. Aber sie besteht auf einem Garten und wir haben ihn ihr hergerichtet, dort hinten, wo sich kein Unkraut in der Containerbox befindet."

„Das ist gut. Beginnst du dich zu fragen, was ich mit deinem Garten vorhabe?"

Er tat sich selbst auch Salat auf den Teller und legte dann das Salatbesteck beiseite, während er eine Braue hochzog. „Nun, mir ist aufgefallen, dass du an einigen Stellen Löcher gelassen und einiges neu angeordnet hast, ich bin also neugierig."

„Morgen, wenn die Steine da sind, werden wir Spaß haben. Ich werde dir alles in meinem – Büro wollte ich sagen, also in der Hütte – aufzeichnen. Bisher existiert es nur in meinem Kopf, aber du wirst es sehen wollen. Ich denke, es wird großartig. Ah, und ich denke, deine Mutter wird es mögen. Im Großen und Ganzen wird es dem ähneln, was deine Mutter angelegt hat, aber ich werde es etwas unkonventioneller halten, ich kann einfach nicht anders. Du hast gesagt, ich kann mich frei entfalten, also habe ich das getan. Das ist nun im Wesentlichen dein Garten. Ich habe mir gedacht", sie spielte mit dem Salat, während ihre Augen seinen Blick hielten und vor Aufregung tanzten, „da es der Garten eines Mannes ist, habe ich ihn – beziehungsweise werde ich ihn – ein wenig… nun ja, männlicher gestalten. Er wird trotzdem schön sein und die Blumen beherbergen, die sie liebt, aber ich werde ein paar Elemente hinzufügen, die das Gesamtbild etwas massiver wirken lassen, verstehst du?“

Er spießte ein paar Salatblätter auf. „Und da kommen die Steine ins Spiel – ich verstehe. Ich freue mich darauf zu sehen, was du tust.“

„Großartig.“

Sie aßen und plauderten über die Gärten. Sie fragte nach seiner Familie und er erzählte ihr von seinen Brüdern – dass Bret Bullenreiter auf dem PBR-Parcours war und vor einiger Zeit in zwei aufeinander folgenden Jahren das National Rodeo Finale gewonnen hatte und nur gelegentlich zu Hause war, dass er aber liebte, was er tat und die Ranch ihm, Levi und Jake überließ. Außerdem sprach er von Austin, der wie sie wusste, Arzt war und kaum die Zeit fand, zu Hause zu essen oder zu schlafen, bevor er tat, was er liebte – sich um kranke Menschen zu kümmern und Menschen dabei zu helfen, erst gar nicht krank zu werden.

Er fragte nach ihrem Vater und wie es gewesen war, ihn durch eine Krankheit zu verlieren, als sie noch jung gewesen war und wie sich das auf sie ausgewirkt hatte. Sie gestand ihm, wie sehr sie schon immer all jene beneidet hatte, die einen Vater und eine Mutter hatten. Doch sie war äußerst dankbar für die Jahre, die sie mit ihrem Vater hatte verbringen dürfen und bewahrte großartige Erinnerungen an ihn in ihrem Inneren. Er mochte das an ihr; sie schien so grundsolide und mit allem in ihrem Leben auf gutem Fuß zu stehen, außer wenn es darum ging, Nein zu Kerlen zu sagen, denen offensichtlich daran gelegen war, ihre Nettigkeit auszunutzen.

Während sie die letzten Bissen ihrer Enchiladas verspeisten, schwor er sich, dass er, bevor sie seine Ranch verließ, sicherstellen würde, dass sie nie wieder von einem Mann hereingelegt wurde. Als er ins Haus ging um den Kirschkäsekuchen zu holen, den Rose gebacken hatte – auch das eine seiner Leibspeisen – und ihn vor Tulip hinstellte, musste er gegen die plötzlich in seinem Herzen aufsteigende Sehnsucht ankämpfen, dass da vielleicht tatsächlich etwas zwischen ihnen beiden sein könnte. Er würde vorsichtig sein müssen. Sie arbeitete für ihn; er hatte sie gerettet, und sie war ein wenig hier draußen gefangen. Und das würde er nicht ausnutzen.

KAPITEL ZWÖLF

Das Geräusch eines Ochsenfrosches und das noch weiter entfernte bekannte Geheul der Kojoten, die dem Vollmond sangen, begleitete sie, als sie später am Abend Tulips Hütte erreichten.

„Was für ein wunderschöner Abend", sagte Tulip, als sie und Cole vor den Stufen zur Hütte stehenblieben. „Ich habe das Abendessen sehr genossen." Cole war ein absoluter Gentleman gewesen und hatte sich in jeder Hinsicht um sie gekümmert. Der Mann war genauso ungekünstelt, wie er schien – er zeigte nicht den leisesten Anflug der Protzigkeit, die sie hatte tolerieren müssen, als sie mit Darwin ausgegangen war. Warum war sie ein solcher Schwächling gewesen und hatte sich weiter mit diesem Kerl verabredet? Und ihm dann gestattet, ihre mitfühlende Seite auszunutzen und zugestimmt, ihn zu heiraten?

Das Abendessen mit Cole hatte all die Dinge hervorgehoben, die richtig waren, hatte ihr ins Gedächtnis gerufen, wie ein Mann eine Frau behandeln sollte und wie falsch Darwin sich ihr gegenüber benommen hatte… und wahrscheinlich jeder anderen Frau gegenüber, mit der er jemals ausgegangen war. Cole war genauso, wie er sein sollte.

„Das Essen war köstlich. Und so bodenständig."

Er lächelte und nahm eine ihrer Haarsträhnen zwischen seine Finger und strich sanft darüber. „Rose hat meine Lieblingsgerichte vorbereitet."

Das hatte er ihr bereits während des Essens verraten und es kam ihr beinahe so vor, als hätte Rose Tulip signalisieren wollen, dass Cole ja Milliardär sein mochte, er aber nicht im Mindesten abgehoben war. Er legte keinerlei Allüren an den Tag und mochte einfache Dinge. Das war Tulip aufgefallen und sie liebte das an ihm.

Als er zu Beginn des Essens ihre Hand mit seiner bedeckt hatte, hatte ihr Herz zu pochen begonnen und ihre Knie waren ganz weich geworden. Zum Glück hatte sie gesessen, andernfalls hätte sie sich womöglich an ihn klammern müssen, um aufrecht stehen zu bleiben. Was für ein ansprechender Gedanke.

Doch sie durfte nicht zulassen, dass ihre aufkommenden Gefühle für Cole zu stark sichtbar wurden. Schließlich waren sie Chef und Angestellte und sie lebte hier, um einen Job zu erledigen. Nicht, um ihn anzugaffen.

Obwohl er versprochen hatte, ihr beizubringen, Nein zu Männern zu sagen, die versuchten, sie dazu zu bringen, sie zu heiraten, hoffte sie von ganzem Herzen, dass er nicht glaubte, dass das ihn mit einschlösse.

Die Hoffnung war so aufschlussreich, dass sie beinahe Angst hatte, ihr zu gestatten, in ihrem Herzen weiterzuwachsen. Trotzdem sie ihn erst seit Kurzem kannte, wusste sie, dass sie sich in gefährlichem Fahrwasser befand, da er genau die Art Mann war, in die sie sich verlieben könnte. Und man musste jemanden nicht monatelang daten, um das zu wissen.

Und trotzdem wollte sie nicht, dass er das Gefühl hatte, er schulde ihr etwas, weil sie hier war. Als sie ihn nun ansah – wie er gegen den Pfosten der Veranda gelehnt dastand, ihre Haarsträhne um die Finger gewunden – traf sie der Anblick seiner im Mondlicht golden glänzenden Augen, die sie betrachteten.

Sie konnte sich nicht bewegen und wünschte sich – ja, das tat sie wirklich – dass er sie küssen würde. Noch nie in ihrem Leben hatte sie sich so sehr nach einem Kuss gesehnt.

„Ich mag deine Haare. Sie sind hübsch, genau wie du."

„Danke. Allerdings bin ich immer wieder erstaunt, wie heiß es unter ihnen werden kann, wenn ich arbeite. Manchmal denke ich, ich sollte sie abschneiden – du weißt schon, meinen Hals und Nacken befreien – dann müsste ich mir in der Sommerhitze keine Gedanken um all die schweren Haare machen."

Er ließ ihr Haar los und legte eine Hand auf ihre Hüfte und Hitze machte sich in ihr breit, als er sie leicht zu sich zog. Sie näherte sich ihm bereitwillig mit klopfendem Herzen.

„Tu das nicht." Seine Stimme klang wie Seide. „Es ist zu hübsch, um es abzuschneiden, obwohl das deine Entscheidung ist. Aber es wäre eine Schande."

Ihre Haut brannte unter dem Stoff ihres Kleides, wo seine Hand auf ihrer Hüfte ruhte. Sie beugte sich zu ihm und wünschte sich… „Ich habe mich nicht dazu durchringen können, es zu tun. Jetzt werde ich es wahrscheinlich auch nicht mehr tun, jetzt, wo ich weiß, dass es dir gefällt.“ Da – wie unverblümt konnte man sein?

Seine Lippe kräuselte sich nach oben, als er sich aufrichtete und nun nicht mehr an dem Pfosten lehnte, was ihn so dicht zu ihr brachte, dass sie nur noch eine Handbreit voneinander entfernt waren. Sein Blick ruhte auf ihren Lippen und sie leckte sich über ihre Unterlippe. Er beugte sich vor und küsste sie.

Sie schmolz, als seine Lippen ihre in Besitz nahmen und die Hand, die auf ihrer Hüfte gelegen hatte, zu ihrem Rücken glitt. Er bewegte sich leicht und sie lehnte sich gegen ihn. Ihre Arme legten sich um seinen Hals, wo sie hingehörten. Wo sie hingehörten – oh, was für ein Gedanke.

Seine andere Hand bewegte sich zu ihrem Hinterkopf und umfasste diesen, als sich der Kuss in die Länge zog. Ihre Welt geriet außer Kontrolle und Tulip befand sich im freien Fall – und dann endete der Kuss.

„Ich gehe besser nach Hause“, sagte er, obwohl seine Augen sie weiter gepackt hielten. „Ich überschreite meine Grenzen.“

Grenzen. Sie atmete schwer, als er einen Schritt zurücktrat; auch er atmete schwerer als zuvor.

Seine Augen blitzten im Licht der Veranda. „In deiner Nähe muss ich mich vorsehen, Tulip Jones. Du bist sehr verlockend.“

Das brachte ihr Inneres zum Schmelzen. Vielleicht bestand Hoffnung auf etwas zwischen ihnen. „Das bist du auch. Womöglich haben wir ein Problem.“

„Ich glaube, du hast recht. Wir hatten uns darauf geeinigt, dass ich dir beibringe, Nein zu sagen und nicht, dass ich an deinen Lippen herumknabbere.“

„Ich beschwere mich nicht darüber, aber es fühlt sich komisch an, das zu sagen. Wir müssen vorsichtig sein. Ich möchte nicht, dass du denkst, ich versuche hierher auf dein Grundstück zu ziehen und dich dann hereinzulegen oder so. Du hast zurzeit eh schon genug um die Ohren bei all dem, was vor sich geht.“

Er trat einen Schritt zurück. „Ich glaube nicht, dass

ich mir auch nur die leisesten Sorgen darüber mache, dass du versuchst, mich auszunutzen. Ich bin es, der dich durcheinanderbringt. Davon abgesehen werde ich jetzt nach Hause gehen, bevor ich noch mehr durcheinanderbringe. Falls du etwas brauchst, hast du meine Nummer. Gute Nacht, Tulip Jones.“

Ihr Herz pochte und sie spürte die unwillkürliche Versuchung, die Distanz zwischen ihnen zu überbrücken, ihre Arme erneut um seinen Hals zu schlingen und ihn nie wieder loszulassen. „Gute Nacht, Cole Tanner. Schlaf gut.“

Er lachte, drehte sich um und sagte im Fortgehen über seine Schulter hinweg: „Ich bezweifle, dass das geschehen wird.“

Sie lächelte, weil ihr seine Antwort gefiel. Sie selbst fürchtete das Gleiche und es fühlte sich sehr gut an, zu wissen, dass es ihm genauso ging.

* * *

In den nächsten Tagen arbeiteten sie unermüdlich. Diese Frau konnte wie ein Cowboy schuften, wenn es darum ging, die Hitze auszuhalten und zu arbeiten, bis die Arbeit erledigt war. Er musste sie praktisch stoppen, damit sie etwas zu Mittag aß. Sie hatte ihm ihre Entwürfe gezeigt, und er mochte, was sie vorhatte.

Die Gärten würden gut ins Hill Country und nach Südtexas passen, mit robusteren Pflanzen und solchen, die im Hill Country wild wuchsen, im Unterschied zu den Blühpflanzen, die seine Mutter so liebte. Die, die Tulip pflanzte, würden weniger Pflege erfordern und die Sprinkleranlage würde sich um die Blumen kümmern, die seine Mutter ausgesucht hatte. Tulip sorgte dafür, dass diese einfacher zu handhaben waren, einige Pflanzen waren umgesetzt worden und in einen eigenen kleinen Garten gezogen, der von einer Sprinkleranlage bewässert wurde, sodass weniger Aufwand zu ihrer Erhaltung nötig war.

Sie bewegten Steine und arrangierten sie, wobei sie gemeinsam deren Platzierung und Wirkung besprachen. Eine schweißtreibende Arbeit, doch das schien sie überhaupt nicht zu kümmern. Diese Frau liebte, was sie tat.

Er musste sie genau im Auge behalten, andernfalls

würde sie versuchen, Felsbrocken zu bewegen, bei denen selbst er Probleme hatte, sie herumzurollen. Er hatte ihr unmissverständlich gesagt, sie solle das lassen um sich nicht zu verletzen. Ebenso unmissverständlich hatte sie ihn daran erinnert, dass dies ihr Unternehmen war und sie wusste, wie man einen Stein bewegte. „Die ganz Großen wirst du nicht bewegen, wenn ich in der Nähe bin, und das meine ich ernst, Tulip." Schließlich sah er sich gezwungen zu sagen: „Mein Grundstück, meine Regeln."

„Fein. Das bedeutet aber, dass du die ganze Zeit an meiner Seite schuften musst, anstatt deine Arbeit im Büro erledigen zu können."

Er hatte gegrinst, sie in seine verschwitzten Arme gezogen und geküsst. „Das ist genau das, was ich zu hören gehofft hatte."

Sie hatte gelacht und sie hatten sich lange und ausdauernd geküsst, genau dort in der Mitte des Hofes, wo jeder sie sehen konnte. Erst später war ihm aufgefallen, dass ein Kameramann, der oben auf seinem Van stand, ein Bild von ihnen hätte schießen können. Aber er liebte es zu sehr, sie in seinen Armen zu halten und den Geschmack ihrer Lippen zu kosten, um sich darum zu kümmern.

* * *

Als Austin drei Tage später seine Schicht im Krankenhaus beendet hatte und aus seinem Truck stieg, kam er mit einem Ausdruck völligen Unglaubens zu ihnen herüber.

„Das ist großartig. Ich war drei Tage weg und es sieht so aus, als wäre ich einen Monat fortgewesen. Ich wette, es hat alle Rancharbeiter gebraucht, um das zu bewerkstelligen.“

„Nein, nur einen entschlossenen Strippenzieher, der mich dazu angetrieben hat, noch härter zu arbeiten.“ Cole lachte und Tulips Augen funkelten, als sie seinen scherzhaften Seitenhieb zur Kenntnis nahm.

Austin blickte von ihr zu Cole. „Sieht so aus, als hättet ihr beide Spaß dabei gehabt, miteinander zu arbeiten, das sieht man.“

„Den hatten wir.“ Tulip lächelte und sah sich um. „Es ist besser geworden, als ich es mir vorgestellt habe und ich bin froh, dass es dir aufgefallen ist.“

Austin zog eine Augenbraue in seine Richtung hoch, während Tulip nicht hinsah. Cole wusste, dass sein Bruder nicht über die Gestaltung des Gartens, sondern über ihre Beziehung gesprochen hatte. Austin war sehr aufmerksam und Cole hatte ohnehin nicht versucht, irgendetwas zu verbergen.

Cole grinste ihn an. „Sie hatte bereits die meisten alten Pflanzen ausgegraben und die umgepflanzt, die sie retten wollte, bevor sie mir gestattet hat, ihr zu helfen. Mom wird es lieben.“

„Ja, das wird sie, und ich mag es auch.“

„Gut. Mir gefällt es, weil es die Ranch besser in ihre Umgebung einfügt.“

Darüber musste Austin lachen.

Tulip grinste ihn an. „Cole nimmt Kontakt mit seiner Umgebung auf.“

Austin betrachtete die beiden. „Es hat euch beiden gutgetan, hier zu entspannen, weit weg von den Boulevard-Geiern außerhalb des Anwesens. Wie geht es euch emotional? Insbesondere dir, Tulip?“

„Besser. Seit Harold angerufen und mir mitgeteilt

hat, dass Darwin damit aufhören wird, über das Geschehene zu lügen, geht es mir viel besser. Im der Rancherde herumzubuddeln hat mir ebenfalls bei der Heilung geholfen."

Teilnahmsvoll sah Austin sie an. „Gut zu hören. Ich bin froh, dass Cole dich hierhergebracht hat, damit du in dieser Zeit Privatsphäre hast. Okay, ich bin müde und werde hineingehen, um zu sehen, was Rose zu essen gemacht hat, und dann gehe ich ins Bett. Ich habe Roses Kochkünste vermisst."

Sie sahen ihm nach, als er zum Haus ging und hörten, wie Rose ihn begrüßte und sagte, wie froh sie sei, dass er wieder zu Hause war, während sich die Tür hinter ihm schloss.

Tulip lächelte Cole an. „Er ist ein guter Arzt. Und ein guter Mann. Ich denke, Rose nimmt ein wenig die Rolle eurer Mutter ein, während diese fort ist. Sie liebt euch Jungs."

„Ja, das tut sie. Sie ist bei uns, seit wir klein waren. Sie hat viel mit uns durchgemacht, war sogar dabei, als wir über Nacht zu Milliardären wurden und all diese Verrücktheit Einzug in unser Leben hielt. Sie gehört zur

Familie. Und ich kann dir sagen, Austin mag das alles hier wirklich. Es ist wunderbar. Meine anderen Brüder werden es ebenfalls sehr mögen. Levi ist gestern vorbeigekommen und wie du weißt, hat es auch ihm äußerst gut gefallen.“

„Ja, Levi erinnert mich in vielerlei Hinsicht an dich, aber er ist ein wenig fröhlicher.“

„Willst du damit sagen, dass ich zu ernst bin?“ Er wollte sie erneut küssen und ihr zeigen, dass er nicht so ernst war, wie sie dachte; er bemühte sich nur wirklich sehr darum, sie nicht in die Flucht zu schlagen.

„Vielleicht ein bisschen.“

„Wir haben diese Ranch von Grund auf neu aufgezogen, und auch wenn die Kühe von teuren Ölquellen umgeben sind und der Boden, auf dem sie laufen und von dem sie fressen, viel Geld wert ist, möchten wir, dass die Ranch auch unabhängig davon gut läuft. Wir waren gerade dabei, eine respektable Ranch aufzubauen, als wir auf das Öl stießen. Ich spüre das Gewicht dieses Traums noch immer auf meinen Schultern lasten und arbeite hart dafür, dass die Ranch eine von den Ölquellen getrennte Einheit und profitabel ist. Ich möchte mir den Respekt Gleichgesinnter auf die altmodische Weise verdienen – weil ich ihn verdient habe, nicht weil ich Öl gefunden habe. Deswegen fällt es mir manchmal schwer, mich zu öffnen. Und wenn ich das tue, dann kommt es mir oft so vor, als würde mich das zurückwerfen, so wie die Sache mit Shelly. Ich habe die Woche über darüber nachgedacht. Ich werde sie aufsuchen und das ist nichts, worauf ich mich freue." Nicht, wenn er auf der Ranch bleiben und seine ganze Zeit mit Tulip verbringen wollte.

„Es tut mir leid, dass du das tun musst. Aber ich denke, dass du alles erreichen kannst, was du dir vorgenommen hast. Einschließlich der Klärung der Dinge mit Shelly. Sie weiß doch, dass sie nicht die Wahrheit sagt und wenn sie erst einmal erkennt, dass du nicht zu ihr zurückkehren wirst, muss sie sich doch fragen, was es ihr bringen soll, die Scharade aufrechtzuerhalten."

„Nichts als Rache, aber das hat Darwin bei dir ja auch versucht."

Sie legte eine Hand auf seine Wange und sein Herz zog sich zusammen. „Cole, du musst einfach mit ihr reden. Ich kann verstehen, dass sie dich will. Ich habe noch nie einen Mann wie dich kennengelernt. Aber keine Frau bei klarem Verstand würde einen Mann wollen, der keine Gefühle für sie hat. Es sei denn, sie hat den Verstand verloren. Oder ist schrecklich gierig. In diesem Fall kann Harold das sicher klären."

Er legte eine Hand auf ihre und zog ihre Hand von seinem Gesicht fort, um dann einen Kuss auf ihrer Handfläche zu platzieren. Sie holte tief Luft und wurde sehr ruhig. „Danke für die aufmunternden Worte. Ich denke, ich könnte jetzt eine Pause vertragen. Und du verdienst eine mehr als jeder andere, den ich kenne. Wie wäre es also, wenn wir morgen mal nicht arbeiten und ich mit dir an den See fahre – weißt du noch, der von dem ich dir am Anfang erzählt habe? Der in dem du schwimmen wollen wirst."

Sie lachte. „Ich habe dir doch gesagt, dass ich nicht gern in Seen schwimme, wo ich nicht sehen kann, was sich unter meinen Füßen tut."

„Mach mir eine Freude. Trag einen Badeanzug unter deinen Shorts, dann kannst du schwimmen gehen, wenn du das möchtest."

Sie holte tief Luft und nickte dann. „Okay, aber ich garantiere für nichts. Ich bin dagegen, nur damit du es weißt.“

Er grinste. „Ich freue mich schon, wenn du deinen Badeanzug unter dem Shirt und den Shorts tragen wirst, dann kann ich wenigsten versuchen, dich davon zu überzeugen, es mal auszuprobieren.“

Sie biss sich auf die Lippen, die er so gern küssen wollte. „Also gut, ich denke, das kann ich machen.“

Bei ihrer Antwort wäre Cole am liebsten vor Freude in die Luft gesprungen. Der morgige Tag konnte gar nicht schnell genug anbrechen.

KAPITEL DREIZEHN

„Du hattest recht. Das ist absolut erstaunlich." Tulip stand auf dem Pier am Ufer eines wunderschönen Sees, dessen Wasser beinahe kristallklar war, weil er aus Quellen gespeist wurde. Auf dem Weg hierher hatte er ihr dies noch eingehender erläutert und jetzt verstand sie, warum er gewollt hatte, dass sie herkam. Sie davon zu überzeugen, ins Wasser zu springen, stand trotzdem auf einem anderen Blatt. Allerdings spürte sie eine gewisse Versuchung, denn sie wollte gern mit ihm schwimmen.

Er lächelte sie von seinem Standpunkt am Rande des Piers an, wo er mit dem Rücken zum Wasser stand. „Ja, das ist er. Ich wusste, dass du es lieben würdest."

Er trug Cargo-Shorts, Bootsschuhe und ein bronzefarbenes T-Shirt, das sich über seinen muskulösen Oberkörper spannte und hervorragend mit seinen bernsteinfarbenen Augen harmonierte. An diesem Tag sah er nicht wie der typische Cowboy aus.

„Es gefällt mir, wie entspannt du aussiehst. Ich habe heute gelernt, euch Cowboys nicht zu sehr über einen Kamm zu scheren. Du siehst aus, als wärst du gerade von einem Angelausflug an der Küste zurückgekehrt."

Er warf ihr einen selbstgefälligen Blick zu. „Das höre ich gern. Weißt du, wir Cowboys kühlen uns ab und zu ganz gerne mal in einem See ab und ziehen sogar unsere Jeans aus, wenn das dazu beiträgt, eine schöne Frau zum Schwimmen zu verleiten. Ich werde alles geben, um dich mit mir in das kühle Wasser zu bringen. Entgegen der verbreiteten Überzeugung machen sich gestärkte oder ausgeblichene Jeans im Wasser nicht sehr gut. Eigentlich sind meine Brüder und ich dafür bekannt, Badehosen anstelle von Jeans zu tragen – und es gab Zeiten, da haben wir weder das eine noch das andere getragen – aber da ich mich in der Gegenwart einer so schönen Frau befinde, habe ich meine Cargo-Shorts an. Darunter trage ich meine Badehose."

Sie lachte. „Sag mir nicht, dass du so ein knappes

Badehöschen trägst."

„Das würde den Bogen für einen Cowboy ein wenig überspannen. Ich sagte Badehose. Ich trage eine Tarn-Badehose, die fast so lang ist wie meine Cargo-Shorts. Was ist mit dir? Zeigst du mir deinen Badeanzug und ich zeige dir meine Badeshorts?"

Sie lehnte sich mit den Händen hinter dem Rücken gegen das Geländer des Piers. „Nicht so schnell, Cowboy. Ich habe noch nicht zugestimmt, wirklich ins Wasser zu gehen. Vor einer Minute habe ich meinen Zeh ins Wasser gehalten und es war eiskalt."

Er kam auf sie zu und legte seine Hände links und rechts neben sie aufs Geländer. Dann beugte er sich vor. „Tulip Jones, du hast mich diese Woche mehrere Tage wie einen Hund im Garten schuften lassen und es war heiß. Und du hast mir mehr oder weniger versprochen, mit ins Wasser zu kommen. Du hast keine Vorstellung, wie schwer es mir gefallen ist, meine Hände von dir zu lassen. Ich wollte dich häufiger küssen als die paar flüchtigen Küsse, die du mir innerhalb der Woche spontan gestattet hast. Ich wollte dich nur vorwarnen, dass ich dich im Wasser warmhalten werde."

Ihr Puls summte bei seinen Worten. Ihre Woche war auch nicht leichter gewesen als seine. Seit dem Abendessen mit ihm hatte sie sich danach gesehnt, erneut in seinen Armen zu liegen. Doch sie hatten beide gegen die Anziehungskraft angekämpft und sich nur ab und zu geküsst, wenn es zu passen schien.

Sie beugte sich vor, bereit für den Kuss, den er ihr jeden Moment geben würde, wie sie spürte. Jetzt, wo sie einen guten Teil der harten Arbeit erledigt hatten und sie etwas entspannter war, war sie stolz darauf, ihm mit der neu gestalteten Umgebung der Ranch etwas geben zu können, was er sich gewünscht hatte. Das war ihre Art, ihm für all das zu danken, was er seit ihrem Kennenlernen für sie getan hatte.

Doch konnte sie nun diese Grenze überschreiten und das tun, was sie so sehr wollte? Ihr Herzschlag donnerte in ihren Ohren, als er sich näher zu ihr beugte. Alles was sie tun musste, war, sich ein wenig vorwärtszubewegen und sie würden sich küssen.

„Ich weiß nicht, wie irgendeine Frau im Vollbesitz ihrer geistigen Kräfte Nein zu einem solchen Angebot sagen könnte.“ Dann beugte sie sich nach vorn, sodass sich ihre Lippen trafen. Sie spürte, wie er an ihren Lippen lächelte, sie lächelte ebenfalls, und dann vertieften sie den Kuss.

Er trat noch dichter zu ihr und drückte sie an sich, während er sie mit den Armen umschlang und ganz festhielt.

Nach einer langen Zeit, in der ihr Kopf begonnen hatte, sich zu drehen und ihre Füße sich anfühlten, als stünden sie nicht länger auf festem Boden, umfasste sie sein Gesicht mit ihren Händen. „Du, Cole Tanner, jagst mir Angst ein."

Er lehnte seine Stirn an ihre. „Hab keine Angst. Eine Sache, die ich wirklich nicht möchte, ist, dass du Angst vor mir hast."

Dann küsste er sie erneut, trat ein wenig zurück und knöpfte mit funkelnden Augen seine Shorts auf und grinste sie an. „Wenn wir ins Wasser wollen, dann ist es jetzt an der Zeit für die Badesachen… außer du willst so hineinspringen."

„Okay, dann ist wohl Badesachen-Zeit."

Und damit zog sie sich ihr Shirt über den Kopf und enthüllte den roten Einteiler, den sie an dem Tag, als er mit ihr zum Einkaufen gefahren war, für den Fall gekauft hatte, dass sie den schönen Pool am Haus benutzen würde. Niemals hätte sie gedacht, dass sie in diesem atemberaubenden See mit diesem atemberaubenden Mann schwimmen würde. Er hatte nicht gelogen, er trug eine mehr als knielange Tarn-Badehose, die an seinen Hüften hing. Sie bekam beinahe einen Herzinfarkt beim Anblick seiner breiten Brust und all der Muskeln – ja, der Typ war ohne Hemd genauso umwerfend wie mit Hemd.

Sie hoffte nur, dass sie in ihrem Badeanzug halbwegs annehmbar aussah. Im Moment war sie ziemlich dürr, auch wenn sie begonnen hatte, mehr zu essen und versucht hatte, ein paar Kilo zusätzlich auf die Rippen zu bekommen und sich wieder ein paar mehr Kurven zuzulegen, nachdem sie so viel Gewicht verloren hatte, weil sie sich Sorgen wegen des Kerls gemacht hatte, dessen Namen sie nicht mehr erwähnen wollte. „Ich glaube, ich muss noch mehr Zimtschnecken essen. Ich brauche noch ein paar Kurven."

Ein ernster Ausdruck trat auf seine entspannten Gesichtszüge, als er ihre Hand nahm. „Tulip, ich denke, du hast wahrscheinlich etwas mehr Gewicht verloren, als gut ist, aber ich werde dir eine Sache mitteilen, die ich in dieser Woche herausgefunden habe und das ist, dass ich dich nehmen würde, egal wie du bist. Ein paar Pfund mehr oder ein paar Pfund weniger, ich mag dich um deiner selbst willen, mehr gibt es dazu nicht zu sagen. Außer, dass du wunderschön bist.“

Ihr Herz schmolz. Dieser Typ wusste, was er sagen musste. „Hat dir deine Mama beigebracht, so süße Sachen zu sagen?“

„Eher nicht. Ich glaube, ich habe mir diese Fähigkeit ganz allein beigebracht.“

Sie beschloss, anstelle einer Erwiderung lediglich zu grinsen. Anstatt zu antworten, tat sie etwas, dass sie zuvor nicht für möglich gehalten hätte – sie schubste ihn spielerisch und er fiel rückwärts ins Wasser.

Doch sie hatte vergessen, dass er noch immer ihre Hand hielt und als fiel, zog er sie mit sich.

Sie stürzten ins Wasser und tauchten in die kühle Tiefe hinab. Als sie wieder auftauchten, befand sie sich in seinen Armen und er lachte. Und als sie in sein Gesicht und seine warmen Augen blickte, da wusste sie, dass sie niemals für jemanden das fühlen würde, was sie für Cole fühlte.

Sie hatte sich in diesen erstaunlichen Mann verliebt.

* * *

Er war dabei, sich in Tulip zu verlieben. Er wusste, dass es so war und ihm war klar, dass Rose das aufgefallen war, bevor er selbst noch genau begriffen hatte, wie besonders er Tulip fand. Er hatte zunächst ein bisschen auf dem Schlauch gestanden, was mit dem zusammenhing, was alles in den ersten vierundzwanzig Stunden geschehen war, nachdem sie sich kennengelernt hatten. Ihr Leben war in diesem Moment so kompliziert gewesen und völlig auf den Kopf gestellt worden. Als sie ins Gefängnis gebracht worden war, hatte er beobachtet, wie sie dem mit Anmut begegnet war. Und in der letzten Woche, die er in ihrer Nähe verbracht hatte, in der er sie beobachtet und kennengelernt hatte, hatte er sich immer mehr zu ihr hingezogen gefühlt. Er mochte ihre Ruhe und die wissbegierige Art, mit der sie sich ihrer Arbeit widmete und die Schönheit dessen, was sie sah und schuf. Das alles kam aus ihrem Inneren, so als würde die Schönheit aus ihr herausfließen und alles verschönern, was sie berührte.

Die Blumengärten seiner Mutter waren schöner als je zuvor. Sie war sehr erfreut gewesen, als er ihr Bilder geschickt hatte. Eines Tages würde er sich daran gewöhnen, die Ranch seine Ranch zu nennen, denn dieser Teil des Anwesens gehörte ihm. Seine Brüder bauten in anderen Bereichen des Grundstücks eigene Unternehmen auf, die ihnen gehörten. Ein jeder von ihnen leistete harte Arbeit und war mit Schweiß und Einfallsreichtum bei der Sache. Sie waren sich einig, dass sie die Tanner Ranches gemeinsam zu den besten in Texas machen würden. Und dann dafür sorgen würden, dass man sie in den Vereinigten Staaten kannte.

Tulip sorgte dafür, dass das Aussehen der Ranch seinen Träumen entsprach und seine Mutter hatte etwas ähnliches gesagt. Er wollte, dass sie Tulip kennenlernte. Er wollte, dass Tulip seine Mutter traf. Genauso wie Tulip und Rose miteinander auskamen, wusste er, dass sie sich mit seiner Mutter verstehen würde. Als er auf seinem Pferd saß und über das Land blickte, das er liebte, während er gerade bei einem Zusammentrieb half, da wusste er, warum es ihm so wichtig war, dass sich seine Mutter und Tulip kennenlernten.

Er hegte die Hoffnung, dass er vielleicht – nur vielleicht – die Frau getroffen hatte, die ihm das Glück schenken würde, nach dem er sich sehnte. Dass Tulip vielleicht die Frau war, die ihm helfen würde, das Schicksal dieser Ranch zu erfüllen. Seine Eltern hatten damit begonnen; sie liebten einander stark und leidenschaftlich und hatten ihn und seine Brüder hier voller Eifer und Mitgefühl großgezogen. Es war großartig gewesen, hier aufzuwachsen; sie hatten hart gearbeitet, sich von Sonnenaufgang bis Sonnenuntergang der Ranch gewidmet – Heu gepresst, Hafer gepflanzt, Pferde trainiert, Vieh gehütet und mit diesem gearbeitet. Sie hatten es als Familie getan, weil sie das Land und die Ranch liebten. Sie schufen ihr Vermächtnis.

Das Öl hatte daran nichts geändert. Die anderen glaubten, ihr Leben hätte sich über Nacht verändert. In vielerlei Hinsicht hatte es das, aber die Liebe für das Land und die Träume, die mit dem Land verbunden waren, hatten sie geerdet.

Stattdessen hatte das Geld viele Dinge verkompliziert. Oh, sie hatten genug Geld um damit tun und lassen zu können, was sie wollten, Geld, mit dem sie Projekte unterstützen konnten, die ihnen wichtig waren, und sie wussten, dass sie gesegnet waren. Aber es verursachte ihnen auch Unannehmlichkeiten wie die Reporter oder die Sache mit Shelly, von der er hoffte, sie in der kommenden Woche klären zu können. Er wusste, dass er nicht der Vater des Kindes war, das Shelly womöglich in sich trug. Er war erleichtert, dass Shelly niemals die Mutter eines seiner Kinder sein würde, aber er wusste, dass er Kinder wollte.

Er wollte hier auf der Ranch eine Familie gründen. Er wollte glücklich sein und so wunderschön und leidenschaftlich lieben wie seine Eltern, und er wollte ein paar Kinder großziehen. Er wusste noch nicht, wie viele es werden sollten, doch als er nun auf seinem Pferd saß und die Ranch und das Vieh überblickte mit dem Fluss in der Ferne und den Vögeln am Himmel, da schweiften seine Gedanken zu Tulip. Sie hatte gesagt, dass sie Kinder wollte. Sein Herz schwoll bei dem Gedanken an, was für hübsche Kinder sie haben würde… die Kinder, die sie haben würden. Gemeinsam.

Würde sie das, was in seinem Kopf und seinem Herzen vorging, überhaupt in Betracht ziehen?

Oder fühlte sie sich nur zu ihm hingezogen und genoss das, was sich in den letzten Tagen seit ihrem Ausflug zum See zwischen ihnen entwickelt hatte.

Diesen Tag bekam er einfach nicht aus dem Kopf. Sie waren geschwommen, hatten im Wasser gekuschelt und sich geküsst und waren dann noch mehr geschwommen und hatten geredet. Sie war lustig und sie war süß, und sie mochte alles, was er mit der Ranch gemacht hatte und was er über die Ranch dachte. Das hatte sie ihm zu verstehen gegeben, aber würde sie auch in Betracht ziehen, ein Teil von ihr zu sein? Ob sie wusste, in welche Richtung seine Gefühle gingen? Oder würde sie eher die Schattenseiten seines Lebensstils sehen – die Kameras, die auf der anderen Seite des Zauns lauerten und die Reporter, von denen man nie wusste, wann sie die nächste Geschichte brachten, in der sie Unwahrheiten über einen verbreiteten. Und wer wusste schon, was die tun würden, wenn sie verheiratet wären und Kinder hätten? Konnte sie damit umgehen?

Wollte sie damit umgehen?

„Hey, Bruder, willst du einfach nur dasitzen und vor dich hinträumen oder schließt du zur Herde auf?"

Er blickte zur Seite und sah Levi und seinen Bruder Jake auf sich zureiten. „Ich denke, ich werde zu euch aufschließen. Ich habe hier gesessen und darüber nachgedacht, wie gesegnet wir doch sind, hier auf diesem Land leben zu dürfen."

„Das denke ich jeden Tag", sagte Jake und zügelte sein Pferd neben ihm. Jake war in Montana gewesen, um sich eine große Ranch anzusehen, die sie in dem kühleren Klima kaufen wollten. Sie waren immer auf der Suche nach neuen Expansionsmöglichkeiten und machten viele Geschäfte im Norden. „Montana ist hübsch und groß und der Himmel ist weit, aber hier ist unser Zuhause und ich bin froh, zurück zu sein."

„Ich stimme euch beiden zu, nichts ist schöner als das Hill Country." Er blickte Jake stirnrunzelnd an. „Du warst noch rechtzeitig zurück, um mit anzusehen, wie sich die Bildratten vor den Toren sammeln um Cole zu piesacken.“

„Ich hatte die Klatschmagazine schon gesehen, noch bevor du mich angerufen und gewarnt hast. Ich habe heute Morgen den Schleichweg genommen. Die treiben mich in den Wahnsinn und das Letzte, was ich will, ist, dass sie mich nach Hause verfolgen, in der Hoffnung, dass ich ihnen etwas Abwertendes über Cole oder Tulip erzähle. Klingt, als wäre sie nett, nach allem, was mir Levi erzählt hat.“ Er richtete seinen festen Blick auf Cole.

„Sie ist wirklich nett.“ Cole hatte keine Lust, schon jetzt über seine Gefühle zu reden. Sie mussten vorerst mit dem Vorlieb nehmen, was sie selbst erkennen konnten, mehr konnte er ihnen nicht geben, solange er noch dabei war, sich selbst über seine Gefühle klarzuwerden.

„Er mag sie mehr, als er uns wissenlässt“, sagte Levi und zwinkerte ihm zu. „Und wie du selbst gesehen hast, sieht das Haupthaus der Ranch inzwischen aus, als wäre diese eine Million Dollar wert. Ich denke darüber nach, sie dazu zu überreden, zu mir zu kommen und etwas Ähnliches für mich zu tun.“

Jake lachte, als er den warnenden Blick sah, den Cole Levi zuwarf.

„Wenn sie hier fertig ist, kannst du es ja mal versuchen, aber mach dir keine Hoffnungen auf sie.“ So viel dazu, sich nichts in Bezug auf seine Gefühle anmerken zu lassen.

Levi grinste. „Siehst du, Jake, ich habe dir ja gesagt, dass er sie mehr mag, als er es uns zeigt. Du hast wirklich dagesessen und an Tulip gedacht, oder?“

Cole blickte ihn finster an.

„Er hat mir gesagt, dass es dich erwischt hat“, sagte Jake. „Ich stimme ihm zu. Jetzt muss ich Tulip einfach kennenlernen, die Frau, die dir derart den Kopf verdreht hat.“

„Ja, das ist Tatsache“, stimmte Levi ihm zu. „Und keine Sorge, großer Bruder, Tulip würde mir keinen zweiten Blick schenken. Seit du sie an dieser Straße entlangwandernd aufgelesen hast, hat sie nur Augen für dich gehabt.“

Er gab auf, ihre Meinung war wichtig für seine geistige Gesundheit. „Denkst du?“

Levi legte seine Hand ans Sattelhorn und schob mit der anderen seinen Hut ein Stück zurück, während er Cole ansah. „Ja, ich denke, so ist es. Aber ich weiß, was dir Sorgen bereitet – dasselbe, was mir auch Sorgen bereiten würde – all der Mist, der sich vor unserem Tor abspielt. Ich hasse das. Manchmal wünschte ich, wir wären nie auf das Öl gestoßen. Es stört mein Leben. Es ist mal schlechter und mal besser, aber jetzt gerade muss ich mich in meine eigene Ranch hinein- und herausschleichen. Also, ja, Jake, verhindere so lange wie möglich, dass sie wissen, dass du hier bist. Ich denke, sie glauben, sie könnten mich dazu bringen, mich zu dem ganzen Durcheinander mit Shelly Duncan zu äußern. Aber ich werde nichts sagen."

„Danke, und es tut mir leid, dass du mit dieser ganzen Sache zu tun hast."

Levi zuckte die Achseln. „Wir hatten doch alle bereits zum einen oder anderen Zeitpunkt damit zu tun. Wie auch immer, da ist diese hübsche Frau, die ihr ganzes Herz in deinen Hof steckt. Wenn es dir ernst mit ihr ist – und ich denke, du wärst ein Dummkopf, wenn es dir das nicht wäre, würde ich an deiner Stelle keine

Zeit verschwenden. Man kann sich über Dinge wie diese in weniger als einem Monat klarwerden. Könnte sie aber abschrecken, wenn sie nicht findet, dass sich Menschen in zehn bis vierzehn Tagen verlieben können.“ Er grinste.

„So ernst ist es?“ Jake starrte ihn an.

„Ja, das ist es“, fuhr Levi fort. „Wenn mir eine Frau nach zehn bis vierzehn Tagen sagen würde, dass sie in mich verliebt ist, würde ich wahrscheinlich ohne mich noch einmal umzusehen aus dem Gebäude rennen. Aber ich würde auch versuchen, diesem ganzen anderen vor sich gehenden Mist nicht allzu viel Raum zu geben. Zeig ihr einfach, wer du wirklich bist.“

„Ja“, stimmte Jake ihm zu. „Sei einfach echt. Das ist ziemlich cool. Da bin ich mal für ein paar Tage nicht da und wenn ich wiederkomme, treffe ich auf einen Bruder, der sich gerade verliebt hat.“

„Ich habe nicht gesagt…“, setzte er an, unterbrach sich dann aber, denn er konnte nicht abstreiten, dass es so war.

Levi hatte recht. Er musste so viele Dinge bedenken. Sie konnte aus den verschiedensten Gründen annehmen, er hätte den Verstand verloren. Es sprach einiges gegen ihn. Andererseits war er noch nie jemand gewesen, der sich einer Herausforderung nicht gestellt hätte.

„Vielleicht solltest du wie ich aufhören, dir Sorgen darüber zu machen, was diese Boulevardzeitungen über dich drucken und anfangen, du selbst zu sein.“ Cole fand, dass auch er Levi einen Ratschlag geben konnte, nachdem sein Bruder dasselbe mit ihm gemacht hatte. „Hör auf, dich im Restaurant in die dunkelste Ecke zu setzen und alleine zu essen. Genieße dein Leben wieder, wie der Typ, der du warst, bevor wir auf das Öl gestoßen sind.“

„Ja, Levi, das wäre gut“, meinte Jake.

Levi zog seinen Hut wieder über die Augen und nickte. „Ich höre, was ihr sagt. Wir werden sehen. Ich denke, früher oder später wird es mich erwischen, aber ich werde sie mit meinen Possen zum Narren halten – das wird gut, schlecht oder enttäuschend für sie.“ Levi war ein Partytier gewesen, bevor sich die Presse auf ihn gestürzt hatte. Jetzt ging er es ruhig an und sie konnten nur über ihn schreiben, dass er sich zurückhielt. Auch

Jake hatte mit ihnen zu tun gehabt, aber er war ziemlich gut darin, ihnen aus dem Weg zu gehen, so wie heute, als er den Schleichweg gewählt hatte.

„Nur so kann man mit denen umgehen“, sagte er.

„Wahrscheinlich“, sagte Levi. „Übrigens, Austin denkt auch, dass du drauf und dran bist, dich in sie zu verlieben. Das hat er heute Morgen gesagt, bevor er ins Krankenhaus gefahren ist.“

„Schließt ihr alle etwa Wetten auf mich ab?“

Jake lachte. „Das tun sie tatsächlich. Aber eins solltest du wissen, wir setzen alle auf dich und dein Glück.“

„Danke. Das bedeutet mir viel.“

„So ist es“, stimmte Levi zu. „Und jetzt kümmern wir uns besser um diese Kühe, damit du endlich nach Haus kommst und nicht weiter an Tulip träumend in die Landschaft starrst, sondern irgendwann nach Hause kommst und vielleicht mit ihr auf der Schaukel sitzen kannst.“

„Das klingt nach einem Plan. Kommt schon, ihr zwei, reiten wir los.“

KAPITEL VIERZEHN

Die Reporter waren fort. Endlich. Aber nicht, ohne ein Bild veröffentlicht zu haben, dass einer von ihnen geschossen hatte, während Cole sie geküsst hatte. Ein Anruf ihrer Mutter machte sie auf die Neuigkeiten aufmerksam.

„Tulip Michelle, weißt du, dass du heute auf der Titelseite der Boulevardzeitung bist, wo man sieht, wie du Cole küsst?“

Tulip schnappte nach Luft. „Wie geht das, Mama? Wir waren nirgendwo.“

„Nun, Liebling, vielleicht wart ihr nirgendwo, aber dieses Foto zeigt eindeutig dich und den atemberaubenden Cole Tanner, wie ihr euch zwischen hübschen Blumen und Rosensträuchern küsst. Im Salon hat es heute Morgen einen riesigen Wirbel gegeben deswegen, keiner hat über etwas anderes gesprochen. Ich war noch nicht einmal in meinem Geschäft, als Beulah Anne sich bereits gefährlich einem Herzinfarkt näherte, weil sie so schnell sie ihre Beine trugen von der anderen Straßenseite herübergerannt kam, um mir das Cover der Boulevardzeitung zu zeigen, die sie im Piggly Wiggly gekauft hatte. Hinter ihr kamen noch andere, dieselbe Zeitschrift schwenkend. Sie wollen, dass du und Cole ihnen Autogramme gebt."

„Sag ihnen, das wird nicht geschehen. Mama, das ist schrecklich." Sie erkannte, dass das Foto aufgenommen worden sein musste, als er sie zwischen den Rosen im Vorgarten geküsst hatte. Für eine Minute ließ sie den Kopf hängen, aufgebracht über die Fotografen und den Aufruhr, den diese in ihrem Leben verursacht hatten, seit sie vor ihrer Hochzeit davongelaufen war. „Nur fürs Protokoll, das Foto ist echt", sagte sie, unfähig, die Verzweiflung aus ihrer Stimme herauszuhalten. „Cole hat mich im Vorgarten geküsst. Jemand muss auf dem Dach eines Übertragungswagens gestanden haben oder so, um das Bild vom Tor aus aufzunehmen. Ich hasse das."

„Ah, Liebling, das tut mir leid. Aber ich finde, Cole ist ein wirklich netter Mensch und jeder im Salon wird sich für dich freuen. Aber bist du dir sicher, dass du mit dieser Art von Aufmerksamkeit umgehen kannst? Ist er es wert, immerzu auf den Titelseiten dieser Zeitschriften zu sein? Denn ich habe das Gefühl, dies wird nicht das letzte Mal gewesen sein."

Tulip rieb sich die Stirn und verspürte einen dumpfen Anflug von Sorge. Sie hatte angenommen, dass dies ein Problem sei, mit dem er immer zu kämpfen haben würde. Aber bis vor kurzem hatte sie nicht gedacht, dass es auch ihr ständiges Problem sein könnte. Das war ihr erst klargeworden, seit ihre Gefühle in die Sehnsucht nach einer tieferen Beziehung zu Cole gemündet waren. Sie gestand sich ein, dass die Möglichkeit bestand, dass Cole und sie ein Paar wurden. Vielleicht sogar heirateten. Sie wusste, dass es zu viel war.

Sie wollte sich nicht immer hinter Mauern und Büschen verstecken, um nicht im Rampenlicht zu stehen. Die Nachrichten des Morgens zwangen sie dazu, sich einem Realitätscheck zu stellen.

„Ich werde dich auf dem Laufenden halten, aber für den Moment versuchst du wohl am besten, die Gerüchte nicht weiter anzufeuern. Wir sind einfach zwei normale Menschen, die sich zufällig mögen. Er ist ein Cowboy, der ein normaler Mensch sein möchte, und solche Dinge passieren einfach."

„Das verstehe ich, aber die Schlagzeile in der Zeitschrift wird dir nicht gefallen."

Sie zuckte zusammen. „Was genau steht da denn?"

„Entlaufene Braut zerstört Beziehung von Shelly Duncan von Good Morning Hill Country und deren milliardenschwerem Cowboy Cole Tanner. Ungeborenes Kind bleibt vaterlos zurück."

Das war zu viel. Fassungslos öffnete Tulip ihren Mund, als sie sich das Telefon vom Ohr riss und auf den Bildschirm starrte, als könnte jemand anderes als sie selbst ihren bestürzten Gesichtsausdruck sehen. Sie schloss die Augen, holte tief Luft und zählte bis drei, um ihren unregelmäßigen Herzschlag zu beruhigen.

Sie legte sich das Telefon wieder ans Ohr. „Mama, ich muss Schluss machen. Das ist eine unverschämte Lüge, eine lächerliche noch dazu und jetzt habe ich genug."

„Nun, Schatz, beruhige dich. Geh nicht nach draußen und mach dich zum Narren. Genau das wollen die doch. Cole und du habt mir gesagt, ich solle nicht mit meiner Schrotflinte auf die Veranda gehen und du solltest diesen Ratschlag beherzigen. Gehe nicht nach draußen, weder mit einer Schrotflinte noch mit der Absicht, ihnen gehörig die Meinung zu sagen. Atme noch ein paar Mal tief durch, beruhige dich und erzähle Cole von den Schlagzeilen. Meiner Meinung nach ist es an der Zeit, dass der junge Mann die Sache aus der Welt schafft. Wenn das Baby nicht von ihm ist, dann wird er diese Sache mit all seinem Geld und diesem hochkarätigen Harold-Anwalt sicher beheben können."

„Ja, das denke ich auch, aber ich bin mir sicher, dass er davon genauso überrascht sein wird wie ich. Okay, ich liebe dich, Mama, tschüss."

Mit diesen Worten legte sie auf und ließ ihre Hacke fallen, um nicht zum Tor zu laufen und diese dort als Waffe zu gebrauchen. Anschließend stürmte sie zum Haus. Wahrscheinlich war Cole wie gewöhnlich morgens in seinem Büro. Zumindest hoffte sie, ihn dort anzutreffen. Das musste aufhören.

Sie war niemand, der eine Beziehung zerstörte.

Sie war wirklich von ihrer Hochzeit davongelaufen. Aber sie hatte Shelly Duncan nichts gestohlen und ganz sicher nicht dafür gesorgt, dass ein Baby vaterlos aufwachsen musste.

* * *

„Harold, ich habe mich von Shelly ferngehalten und sie nicht mit all dem konfrontiert, aber Levi hat mir gerade ein Foto der Titelseite einer Boulevardzeitung von heute Morgen geschickt. Das ist gar nicht gut. Ich warne dich, ich werde Shelly aufsuchen, wenn es dir nicht gelingt, sie dazu zu bringen, ihre Aussagen zurückzuziehen. Ich muss etwas tun."

„Cole, wir arbeiten daran. Du musst geduldig sein."

„Nein, muss ich nicht."

Er lauschte, als Harold ihm all die Gründe aufzählte, aus denen er gelassen bleiben musste.

„Harold, sie verbreiten immer mehr Gerüchte über Tulip, und ja, ich interessiere mich sehr für Tulip, und ja, ich habe Tulip im Vorgarten geküsst."

„Hast du nicht an die Boulevardzeitungen und die Stative auf ihren Übertragungswagen gedacht?"

„Mir ist erst später klargeworden, dass ein Reporter, der mit seinem Stativ auf einem der Vans hockt, möglicherweise ein Bild schießen könnte. Aber in diesem Moment habe ich nicht an aufdringliche Fotografen gedacht. Ich habe an andere Dinge gedacht." Er hatte nur daran gedacht, wie es sich anfühlte, Tulip in seinen Armen zu halten und sie zu küssen. „Ich hätte Tulip warnen sollen, das wird sie völlig unvorbereitet erwischen, wenn sie es nicht schon längst erfahren hat." Cole schritt durch den Raum und fuhr sich mit beiden Händen durch die Haare.

„Ich werde sie sofort anrufen. Und ihr sagen, dass wir sie wegen Verleumdung verklagen werden. Im Moment ignoriert sie uns und meint, dass sie nur mit dir sprechen wird, aber es gibt keinen Grund dafür, dass du mit ihr sprichst. Wenn du dort auftauchst, werden nur neue Bilder von dir geschossen und es ist nicht abzusehen, was sie dann schreiben werden. Ich hoffe, sie zieht sich einfach zurück. Wir könnten ihr Geld anbieten-“

„Nein. Biete ihr kein Geld an. Ich möchte nicht mein Leben damit zubringen, mich von Leuten erpressen zu lassen, die versuchen, Lügen über mich zu verbreiten. Ich weigere mich, das zu tun.“

Er hasste das. Und am meisten hasste er, dass nun noch schlechter über die arme Tulip gesprochen werden würde. Es war lächerlich. Er hatte das Gefühl, sie auszunutzen, genau wie Darwin es getan hatte. Er wusste, dass das nicht stimmte, aber dennoch, er hätte ihr an dem Tag, an dem sie sich im Garten geküsst hatten, reinen Wein einschenken können. Hätte ihr sagen sollen, was zu erwarten war, aber er hatte gehofft, dass ihr Kuss vielleicht nicht von diesem Abschaum dort draußen gestört werden würde, der für Geld Bilder schoss.

„Harold, ich gebe dir eine Stunde, höchstens zwei, dann steige ich in meinen Truck und fahre dorthin…“ Seine Tür wurde aufgerissen und eine äußerst blasse, wütend aussehende Tulip starrte ihn an. „Harold, kümmere dich darum. Ich muss mich gerade um etwas Wichtigeres kümmern.“ Er unterbrach das Gespräch.

An dem benommenen Ausdruck auf ihrem Gesicht konnte er erkennen, dass sie Bescheid wusste. „Tulip, ich weiß, was du gesehen hast. Ich habe es auch gerade gesehen. Deswegen habe ich mit Harold telefoniert.“

„Ich möchte nicht unhöflich sein, aber offensichtlich tut Harold nicht seinen Job. Ich bin niemand, der Beziehungen zerstört. Ich stehle keinem Baby den Vater.“

Er ging zu ihr hinüber und umfasste ihre Schultern, wollte sie unbedingt in seine Arme ziehen. „Ich weiß, dass das alles Lügen sind, und es bricht mir das Herz, dass es so dargestellt wird. Ich bin nicht zu Shelly gefahren, weil Harold mir geraten hat, das nicht zu tun. Er ist mein Anwalt und hat mir empfohlen, mich zurückzuhalten, in der Hoffnung, dass die ganze Sache vorübergehen würde und sie unter dem Druck, den er auf sie ausübt, zugeben würde, dass sie nur versucht hat, an mich heranzukommen oder dass sie einen Fehler gemacht hat. Er hat versucht ihr einen Ausweg zu lassen. Aber ich habe ihm gesagt, dass ich sie aufsuchen werde, wenn es ihm nicht in den nächsten zwei Stunden gelingt, sie dazu zu bringen, einiges von dem, was sie behauptet hat, zurückzuziehen.“

„Könnte es dadurch noch schlimmer werden?“

„Ja, könnte es. Es bedeutet wahrscheinlich, dass weitere Fotos geschossen werden. Ich bin mir ziemlich sicher, dass sie ein paar Paparazzi bei sich hat, da sie das Feuer stetig schürt mit diesen Mini-Pressemitteilungen, die sie ständig herausgibt. Aber dieses Foto, das sie gemacht haben, ist meine Schuld. Ich hätte dich niemals im Vorgarten küssen sollen.“

Er drückte ihre Schultern, ließ sie dann aber los und rieb sich die Schläfe. „Ich habe nicht nachgedacht. Es ist nicht deine Schuld, was auch immer du denkst, nichts davon ist deine Schuld. Andererseits wusste ich, dass manchmal Fotos von dieser Stelle gemacht werden, aber ich wollte dich an diesem Tag so sehr küssen, dass ich meinen Kopf verlor und es einfach tat. Ich habe diesen Kuss seither nicht eine Sekunde bereut. Ich hasse es, dass in den Boulevardzeitschriften eine solche Lüge über dich verbreitet wird. Insbesondere, nachdem du gerade schon Darwins Lügen aushalten musstest.“

Sie holte tief Luft und sah aus, als wäre sie nun etwas ruhiger, dann ging sie um ihn herum zum Fenster und legte eine Hand auf den Rahmen des Fensters. Er trat hinter sie, wollte sie berühren, sie im Arm halten, entschied sich aber dagegen und ging stattdessen zum Kamin. Er sorgte für Abstand zwischen ihnen, denn er könnte es verstehen, wenn sie nie wieder von ihm berührt werden wollte. Er wartete und gab ihr die Gelegenheit, sich zu sammeln.

Nach einer Minute drehte sie sich zu ihm um; ein Teil der Farbe war in ihr Gesicht zurückgekehrt, und dafür war er dankbar. Ihre schönen grünen Augen blickten traurig. „Ich weiß nicht, ob ich das tun kann."

Da waren sie, die Worte, vor denen er sich gefürchtet hatte, die Worte, die er erwartet hatte, seit Levi ihm die Titelseite der Boulevardzeitung geschickt hatte. Sie hatten nicht über eine gemeinsame Zukunft gesprochen, aber er war dazu bereit gewesen.

„Ich verstehe. Ich weiß, dass dies mehr ist, als die meisten Menschen bewältigen können, und das verstehe ich. Ich war ein Idiot, als ich Shelly um ein Date bat. Ich weiß nicht, was ich an diesem Tag gedacht habe. Ich glaube, ich hatte mich so weit aus dem Rampenlicht zurückgezogen, dass ich mir keine Sorgen mehr darum machte, jemanden zu treffen, und als ich Shelly auf dieser Wohltätigkeitsveranstaltung traf, schien sie aufrichtig zu sein. Levi hat ihr von Anfang an nicht vertraut und nach zwei Verabredungen wusste ich, dass er recht hatte. Man kann sein wahres Ich nicht sehr lange verstecken, wenn die Person, vor der man es verstecken will, auch nur ein wenig argwöhnisch ist. Ich habe dafür bezahlt, dass ich es bei diesem zweiten Treffen nicht sofort beendet habe. Ich dachte, vielleicht habe ich mich geirrt, also habe ich es noch beinahe einen Monat lang fortgesetzt, aber an meinem Eindruck hat sich nichts verändert. Und dann habe ich dich in diese Sache mit hineingezogen."

„Da liegst du falsch, Cole. Du hast mich nicht mit hineingezogen. Ich habe dich in meine Angelegenheiten hineingezogen, als ich vor Darwin davongelaufen bin und mein Auto demoliert habe und du mich gerettet hast. Das werde ich nie vergessen. Also gib dir selbst keine Schuld. Trotz allem, was gerade passiert, werde ich es nie bereuen, dich gekannt zu haben. Aber ich glaube nicht, dass ich das weiterhin tun kann. Neben anderen Gründen waren selbst das bisschen

Aufmerksamkeit, das Darwin wegen seines Unternehmens bekam und die Zeit, in der er im Rampenlicht stand, Schuld daran, dass ich mich dazu entschied, ihn nicht heiraten zu wollen. Aber nachdem ich weggelaufen bin und das Auto zerstört habe, tauchte er mit all diesen Unwahrheiten wieder auf und die ganz Situation eskalierte derart. Das Wissen darum, dass immer die Gefahr bestehen wird, dass sich die Medien aus dem einen oder anderen Grund auf dich stürzen, sorgt dafür, dass ich mir selbst nicht erlauben kann, mich in dich zu verlieben. Dies ist einfach nicht das Leben, nach dem ich suche."

Er auch nicht. „Ich verstehe das." Er hasste es, verstand es aber. „Ich möchte auch nicht, dass du ständig so etwas durchmachen musst." Ihm wurde schlecht. „Wenn du heute abreisen möchtest, bezahle ich dich für das, was du getan hast und wir belassen es dabei. Das Grundstück sieht toll aus."

Sie starrten einander an, sein Herz brach, doch sie wusste nicht, dass er schon vor längerer Zeit eine Grenze überschritten und sich in sie verliebt hatte. Sie wusste nicht, dass er gehofft hatte, sie um ihre Hand zu bitten, und das würde sie auch nicht erfahren. Es machte keinen Sinn, das noch zusätzlich zu ihren Sorgen hinzuzufügen. Und er wollte nicht, dass sie das Gefühl hatte, ihm etwas zu schulden. Er konnte sie auf keinen Fall dazu bringen, zu glauben, sie sei ihm etwas schuldig und eine Sache abziehen, die auch nur im Entferntesten dem ähnelte, was Darwin oder der andere Typ, Joe, ihr angetan hatten.

„Wenn das für dich okay ist, dann würde ich mich noch um das eine Blumenbeet kümmern und dann wäre alles soweit fertig. Du könntest jemanden einstellen, der herkommt und noch ein paar weitere Gewächse pflanzt, oder ich schicke dir meine Pläne und du setzt sie selbst um. Aber ich denke, ich werde heute Abend aufbrechen. Ich habe noch eine Woche Urlaub, vielleicht schleiche ich mich einfach in meine Wohnung, packe eine Tasche und verlasse dann die Stadt. Ich könnte mir irgendwo eine schöne, ruhig gelegene Hütte suchen, weit abseits von all diesen Paparazzi und mich eine Woche entspannen. Vielleicht lassen sie auch dich in Ruhe, wenn du sie wissen lässt, dass ich nicht mehr hier bin und wir unsere aufkeimende Beziehung beendet haben. Wenn ich zurück in die Stadt komme, wird alles schon besser sein."

Er hasste es, das zu sagen, aber das konnte funktionieren. „Ich denke, das ist eine großartige Idee. Ich werde das Geld einzahlen." Er hatte ihre Bankdaten noch von einer bereits erfolgten Einzahlung, auf die er zu Beginn bestanden hatte. „Weißt du schon, wo du hinwillst?"

„Wahrscheinlich bleibe ich nicht hier im Hill Country. Vielleicht fahre ich an Dallas vorbei Richtung Norden."

„Das ist eine ziemlich lange Fahrt."

„Habe ich dir jemals erzählt, dass ich Roadtrips mag? Ich bin ein Roadtrip-Mädchen. Das Problem wird nur sein, weit genug zu fahren, irgendwohin, wo sich die Leute nicht für Hill Country interessieren oder wissen, was mit *dem* Paar des Hill Country los ist. Da wir, soweit ich das beurteilen kann, nicht wichtig genug für die nationalen Nachrichten sind, sollte alles gut sein."

„Gott sei Dank, zumindest haben wir nicht auch noch dieses Problem. Pass auf, ich werde dich heute Abend zu deiner Wohnung fahren, wahrscheinlich sollten wir aber bis nach Einbruch der Dunkelheit warten. Ich werde dich um halb zehn am alten Truck hinter der Scheune treffen, in Ordnung?“

Das stimmte, sie verfügte über keine Möglichkeit, das Eingangstor zu passieren oder nach Hause zu kommen. „Ja. Ich werde bereit sein.“ Sie drehte sich um und wollte schon gehen, ging dann aber noch einmal zu ihm. Sie erhob sich auf die Zehenspitzen und küsste ihn sanft auf die Lippen.

Cole konnte nicht anders, er umarmte sie fest, er schlang seine Arme um sie und hielt sie einfach nur fest. Er vergrub sein Gesicht in ihren Haaren und nahm sich einen Moment Zeit, um ihren Duft einzuatmen und in seinem Gedächtnis zu verankern. „Pass auf dich auf, Tulip Jones, und wenn du jemals etwas brauchst, dann weißt du ja, wo du mich findest.“

Ihre Stimme war ebenso belegt wie seine. „Das weiß ich. Pass auch du auf dich auf.“ Dann entzog sie sich seinen Armen, schritt durch den Raum und verließ sein Leben.

* * *

Rose hatte an diesem Tag frei. Sie würde sich nicht von der süßen Dame verabschieden können. Sie würde ihr eine Karte schicken, aber das war nicht dasselbe.

Das war nur einer von vielen Gedanken, die sie schmerzten, als Tulip durch die Küchentür in den Sonnenschein schlüpfte. Ihre Augen brannten von den Tränen, die sie nicht entfesseln wollte. Cole war so verständnisvoll gewesen und hatte sie ohne den leisesten Kampf gehen lassen. Ihr Herz schmerzte bei dieser Erkenntnis.

Sie hatte an einem Bereich um den Wasserfall gearbeitet, den sie in einem der großen Blumenbeete um die ringförmige Auffahrt angelegt hatte. Der Einfall dazu war ihr nachträglich gekommen, nachdem ihre Ladung Steine eingetroffen war. Sie liebte Wasserfälle, und dieser simulierte einen dahinfließenden Bach, der zwischen zwei größeren Felsen hindurchströmte, sich dann um zwei mittelgroße Steine schlängelte um dann schließlich zwischen kleineren Steinen auf felsigem Grund zwischen Wandelröschen, Salbei und einigen anderen Pflanzen auszulaufen. Sie setzte das letzte der sonnengelben Wandelröschen ins Beet. Anschließend ging sie herum und überprüfte alles, was sie in den vergangenen zwei Wochen, geschaffen hatte, während sie sich hier vor der Welt verborgen hatte. Einer Welt, die sie nicht in Ruhe gelassen hatte, sondern ihr nachgestellt war und über sie gelogen hatte.

Sie sah, wie Cole seinen Truck aus der Garage zurücksetzte und dann über die Auffahrt zum Haupttor fuhr. Traurigkeit und Wut begannen in ihr zu brodeln, als sie daran dachte, wie sie von den verschiedenen Menschen ausgenutzt worden war, nicht von ihm, aber von Darwin, Shelly und den Reportern. Am liebsten wäre sie die Auffahrt entlang marschiert und hätte ihnen allen gesagt, sie sollten sich ein eigenes Leben zulegen und ihres in Ruhe lassen. Doch das würde sie nicht tun. Es würde alles nur noch schlimmer machen.

Trotzdem sie ihn gern damit aufgezogen hatte, dass Cole ihr noch beibringen musste, wie man Nein sagte, waren sie nicht zu diesem Thema vorgestoßen. Aber sie hatte es auch so gelernt. Außerdem war ihr klargeworden, dass manchmal selbst Dinge, die mit aufrichtigen Absichten getan wurden, von anderen gegen einen verwendet werden konnten, wenn die eine Person die andere verletzen wollte, so wie Shelly es mit Cole getan hatte.

Seufzend und mit hängenden Schultern ging sie zu

ihrer Hütte. Sowohl sie als auch Cole waren mit jemandem ausgegangen, der egoistisch und unehrlich war und beide hatten sie darunter leiden müssen.

Zurück in der Hütte duschte sie, dann zog sie sich um und packte den kleinen Vorrat an Kleidung und Toilettenartikeln, den sie am ersten Tag nach ihrer Ankunft auf der Ranch gekauft hatte, in eine bunte Reisetasche. Sie hatte keine Lust, etwas zu essen, goss sich aber ein Glas Tee ein und setzte sich mit diesem auf die Schaukel, um dort bis halb zehn zu warten. Wenn es so weit war, würde sie ihre Tasche aufheben und zur Rückseite der Scheune gehen, wo Coles alter Ranch-Truck stand. Er oder Levi würden dort auf sie warten. Und dann würden sie, genau wie an jenem ersten Tag im Geheimen von seinem Grundstück verschwinden, weil niemand den Truck sah, wenn man den Schleichweg durch die Weiden zur Schotterstraße nahm.

KAPITEL FÜNFZEHN

Cole ging den asphaltierten Weg entlang, der sich am Ufer des Comal River in San Marcos dahinschlängelte. Als Tulip so verletzt in sein Büro gekommen war, hatte das sein Herz mit mehr Schmerz erfüllt, als er das jemals für möglich gehalten hätte. Er war entschlossen, die Situation irgendwie zu beheben, was bedeutet hatte, gegen den Rat seines Anwalts zu verstoßen und ein Treffen mit Shelly anzuberaumen.

Ihr Studio befand sich in der Innenstadt von San Marcos, aber dorthin würde er auf keinen Fall gehen. Er hatte sich hier in dem geschäftigen Park mit Blick auf die Menschen und das mit Schwimmreifen gefüllte blaue Wasser des gewundenen Flusses mit ihr verabredet, in den bei warmem Wetter Tausende Besucher strömten. Es war ein geschäftiger Ort, und er hoffte, Shelly würde ihr Versprechen einhalten und allein kommen. Für das Getümmel, das sie umgab, waren sie nicht bedeutend genug. Als er die Ranch verlassen hatte, hatten auf der anderen Straßenseite immer noch vier Autos gestanden und gewartet. Zum Glück war der Verkehr in San Marcos in der Nähe der Autobahn so dicht gewesen, dass es ihm gelungen war, sie abzuschütteln. Aber wenn sie ihrerseits Reporter bei sich hatte, dann würde er nichts dagegen tun können. Er war bereit, dieses Risiko einzugehen, wenn das bedeutete, sie vielleicht dazu zu bringen, die Wahrheit zu sagen und Tulip zu helfen.

Er lehnte sich gegen einen Baum und hielt nach ihr Ausschau und schon bald entdeckte er sie, wie sie in High Heels und einem weichen rosafarbenen Anzug den Weg entlangkam. Mit ihren blonden Haaren, den blauen Augen und der Art, wie sie sich bewegte, zog sie stets alle Aufmerksamkeit auf sich. Hier, wo jeder andere Badesachen, Schwimmringe und Schnorchel trug, stach sie mit ihrem körperbetonten Anzug aus der Menge hervor. Er hatte diesen Ort gewählt, weil er hoffte, dass die meisten Leute hier nicht aus der Stadt waren, sondern aus anderen Teilen von Texas stammten und ihre beliebte Morgenshow, die hauptsächlich von den Einheimischen des Hill Country gesehen wurde, nicht kannten.

Zum Glück sprach sie niemand wegen eines Autogramms an. Und es sah auch nicht danach aus, als ob sie von Reportern verfolgt würde. Er trat auf den Weg und sie entdeckte ihn. Auch er stach mit seinem Stetson und den Jeans aus der Menge hervor – nicht unbedingt die Kleidung, die jemand hier an einem heißen Tag tragen würde.

„Cole."

Sie sprach seinen Namen auf eine gedehnte, affektierte Art aus, die wohl sexy klingen sollte. Ihm gefiel es nicht.

„Ich bin froh, dass du zugestimmt hast, mich zu treffen."

Sie lächelte und ihr Blick wanderte langsam an ihm herab. „Ich habe mich gefreut, dass du endlich angerufen hast. Wir haben so viel zu besprechen. Und dein schrecklicher Anwalt schien einfach nicht zu verstehen, dass wir dies von Angesicht zu Angesicht tun müssen." Sie trat näher an ihn heran und blickte sich dann um. „Ich wünschte nur, du hättest einen anderen Ort vorgeschlagen. Hier ist es so heiß und überlaufen."

„Ich wollte nicht, dass deine Freunde von den Medien überall herumlungern. Wir müssen über diese Lüge sprechen, die du über mich und dein Baby erzählst. Du weißt, ich bin nicht dessen Vater. Wir kennen einander nicht gut genug, als das ich sein Vater sein könnte." Sie hatten ein paar Gute-Nacht-Küsse ausgetauscht, und das war es gewesen.

Sie runzelte die Stirn. „Das weißt nur du. Ich habe das nur gesagt, damit du dich wieder mit mir triffst."

„Warum?" Er begann, ernsthaft in Erwägung zu ziehen, dass die Frau unter Wahnvorstellungen litt. „Uns sind ganz andere Dinge im Leben wichtig. Du weißt, dass das falsch ist und musst jetzt die Wahrheit sagen. Es geht nicht mehr nur darum, dass du versuchst, mich zu benutzen."

Ihre Augen blitzten. „Sag mir nicht, was ich zu tun habe. Ich glaube, wir geben ein großartiges Team ab. Du hast uns keine faire Chance gegeben. Und dann kam diese Tulip daher, die fortgelaufene Braut, und hat all deine Zeit in Anspruch genommen und die Schlagzeilen beherrscht. Ich brauchte etwas, um deine Aufmerksamkeit zu erregen, und welch besseren Trick hätte es da gegeben als ein Baby?“

„Aber es ist eine Lüge. Wie willst du das fortsetzen? Welchen Zweck erfüllt sie?“

Sie trat näher an ihn heran und bevor er zurücktreten konnte, legte sie eine Hand auf seine Brust und beugte sich zu ihm. „Es erfüllt meinen Zweck. Meine Einschaltquoten sind gesunken, doch als ich mit dir ausgegangen bin, sind sie in die Höhe geschossen und haben meine Arbeitgeber sehr glücklich gemacht.“ Plötzlich sah sie verzweifelt aus. „Ich brauche dich, Cole. Und das Baby war auch nicht schlecht für die Quoten.“ Ihr Blick schweifte kurz ab, bevor er zu ihm zurückwanderte und sie noch einen Schritt näherkam. Der Baum, den Cole dummerweise hinter sich und nicht neben sich gebracht hatte, hielt ihn gerade lange genug gefangen, damit Shelly ihren Körper gegen ihn drücken und ihr Gesicht zu seinem heben konnte.

Erschrocken sah er auf sie hinunter und rutschte dann zur Seite, woraufhin sie ihn lediglich anstarrte.

„Shelly, es tut mir leid, dass du diese Probleme hast, aber das, was du tust, verbessert nichts zwischen uns. Ich habe keine Ahnung, was du damit erreichen willst."

Ihn beschlich ein schlechtes Gefühl, denn er wusste genau, dass sie sich wahrscheinlich an ihm gerieben hatte, um den Reportern ein lohnendes Motiv zu schenken und er war darauf hereingefallen. Er konnte die Boulevardzeitungen bereits vor sich sehen. Plötzlich wusste er, dass an der ganzen Geschichte noch mehr dran war. „Bezahlst du diese Deppen? Hängen sie deshalb immer noch vor meinem Tor herum, trotzdem ich normalerweise nicht interessant genug bin, um sie mehr als einen oder zwei Abende zu fesseln?" Sie musste es weder leugnen noch ihm zustimmen, er wusste, dass es stimmte.

Sie lächelte so kokett, dass er sich am liebsten auf ihre teuren High Heels übergeben hätte. Junge, das würde ein großartiges Bild abgeben, dachte er und fühlte sich dann schlecht deswegen.

„Cole, denk doch daran, was für ein großartiges Team wir wären. Du und dein Geld und ich und meine Kontakte – gemeinsam könnten wir *das* Paar der Region sein. Denk nur an all die Wohltätigkeitsorganisationen, denen wir helfen könnten, und an die romantische Geschichte, wie wir uns kennengelernt haben, als wir bei der Wohltätigkeitsorganisation halfen, die die wilden Pferde rettet. Ich weiß, dass du nicht oft ausgehst. Das hast du mir bei unserem ersten Date erzählt. Und dass sich das Geld manchmal wie eine Schlinge um deinen Hals anfühlt."

Warum hatte er Shelly etwas derart Persönliches anvertraut? Manchmal wunderte er sich über sich selbst. Er seufzte und zwang sich dazu, ruhig zu bleiben und nicht wütend aufzubegehren und zuzulassen, dass sein Temperament mit ihm durchging.

Sie fügte hinzu: „Wenn wir eine Einheit bildeten, könnte ich im Rampenlicht stehen und du könntest dein Ding machen… dich um die Ranch kümmern oder was immer du willst."

Eine Einheit? „Shelly, ich möchte nicht Teil einer Einheit sein. Sieh mal, wir haben nichts gemeinsam. Es gab also keinen Grund, uns weiterhin zu treffen. Ich wollte mich von dir trennen und mit dir befreundet bleiben. Aber nachdem du diese Lüge in die Welt gesetzt hast, bin ich mit dir fertig. Du musst diese Scharade stoppen. Meine Anwälte machen keine Witze. Ich werde nicht einfach zulassen, dass du herumläufst und aller Welt erzählst, ich wäre ein Mann, der sein Baby im Stich lässt. Wir wissen beide, dass es nicht mein Kind ist, solltest du wirklich schwanger sein. Ich werde einen Vaterschaftstest verlangen. Sycamore hat dir das bereits mitgeteilt.“ Das wusste er, denn Harold hatte es ihm gesagt. „Diese Boulevardzeitungen schaden nicht nur dir und mir.“

Ihr Gesichtsausdruck verhärtete sich und es war nichts Hübsches mehr darin, als sie ihn mit blitzenden Augen ansah. „Du sprichst von Tulip Jones. Was für ein Name ist das überhaupt? Sie ist plötzlich aufgetaucht und hat alles durcheinandergebracht. Was glaubst du, wie ich mich gefühlt habe, als ich gesehen habe, wie du sie geküsst hast?“ Sie schleuderte ihm ihre Worte regelrecht entgegen.

Sen Blick verengte sich und er stellte fest, dass einige Leute ihren Ausbruch gehört hatten. Er musste Ruhe bewahren. Etwas Derartiges hatte er noch nie mit einer Frau erlebt. „Shelly, wir hatten uns bereits getrennt, bevor Tulip aufgetaucht ist.“

Ihr Gesichtsausdruck wurde noch bitterer und ihre Augen hätten Stahl durchschneiden können. „Nein, da liegst du falsch. Ich war drauf und dran, dich zurückzugewinnen.“

Die ganze Situation geriet außer Kontrolle. Er rieb sich über die Augenbrauen und spürte, dass sich Kopfschmerzen ankündigten. Er stieß einen langen Atemzug aus, um sich zu beruhigen und tastete sich dann vor. „Du warst nicht dabei, mich zurückzugewinnen. Und das, was du gerade tust, das hilft weder dir, mir noch Tulip. Was erwartest du von mir? Dass ich dich heirate? Ich bin jetzt gerade weiter davon entfernt, dich als Person zu mögen als vor diesem Treffen.“

„Gib mir einfach noch eine Chance. Ich kann dafür sorgen, dass es gut für dich wird. Ich verspreche es.“ Sie trat erneut näher und fuhr mit einem langen Nagel über seinen Arm, bevor er sich zurückzog.

„Nein, das wird nicht geschehen. Ich sehe, das führt nirgendwo hin. Stell dich darauf ein, dass dich mein Anwalt kontaktiert, ich werde klagen.“ Ohne weitere

Tricks abzuwarten, drehte er sich um und ging zurück zum Ausgang und seinem Truck. Er wusste, dass er hereingelegt worden war und sah bereits die Schlagzeilen und Fotos vor seinem inneren Auge. Er zog sich seinen Hut tief ins Gesicht, damit man dies zumindest nicht sah, denn er wusste nicht, in welcher Richtung sich die Kameras befanden. Er wusste nur, dass sie da waren.

Und dass er nichts getan hatte, um Tulip zu helfen. Oder ihrer Beziehung.

Höchstwahrscheinlich würden, genau wie Harold ihn gewarnt hatte, die Fotos und Schlagzeilen in den Boulevardzeitungen von morgen jede Hoffnung zunichtemachen, die er jemals in Bezug darauf gehegt hatte, sie zurückzugewinnen.

* * *

Es war Levi, der im Truck auf sie wartete. Enttäuschung überkam sie wie eine Nacht ohne Sterne und Mond.

„Danke, dass du mich fährst“, sagte sie zu Levi, als dieser sich von der Heckklappe löste, an der er gelehnt hatte, während er auf sie gewartet hatte.

Sein hübsches Gesicht wurde von einem besorgten Stirnrunzeln getrübt. „Lass mich das nehmen." Er nahm ihre Tasche und legte sie hinten in den Truck. „Ich bin traurig, dass du aufbrichst." Er machte eine Pause, als wollte er noch mehr sagen, doch stattdessen griff er nach dem Türgriff auf der Beifahrerseite und öffnete die Tür für sie. „Steig ein, dann machen wir uns auf den Weg." Er schenkte ihr ein Lächeln.

Er war etwas Besonderes und sie schätzte es, dass er ihr den Abschied nicht noch schwerer machte. „Danke. Ich hasse es, zu gehen."

Seine bernsteinfarbenen Augen, die denen von Cole so ähnelten, flackerten, aber alles, was er tat, war nicken und dann die Tür zu schließen, als sie auf den Sitz gerutscht und nach ihrem Sicherheitsgurt gegriffen hatte. Sie verschränkte ihre Hände, nachdem sie den Gurt angelegt hatte, und er ging um den Wagen herum und rutschte auf den Fahrersitz.

Sie sagte nichts, während Levi ohne Licht über die Weide fuhr und dann unter den Bäumen entlang, wo die Straße zu den anderen Weiden und dann zu dem Tor führte, das überwachsen und halb verborgen war. Levi stieg aus dem Truck und ging zu einem Gewirr aus Büschen, das aussah, als wäre es undurchdringbar und das darin verborgene Tor unpassierbar. Er griff nach einem alten Seil, das am Rand hing, und zog das leichte Knäuel von ineinander verflochtenen Büschen aus dem Weg. Tulip hatte Cole an ihrem ersten Tag auf der Ranch dasselbe tun sehen, als sie zum Einkaufen gefahren waren und sie hatte gedacht, wie traurig es doch war, dass sie all das tun mussten für ein bisschen Privatsphäre. Als sie nun Levi dabei beobachtete, wie er dasselbe tat, schmerzte ihr Herz, weil das Ganze so falsch war. Nachdem er das Buschbündel auf dieser Seite des Zauns aus dem Weg gezogen hatte, öffnete er das alte Tor, nahm ein Bündel getrockneter Büsche und warf es zur Seite. Dann tat er dasselbe mit einem anderen Busch. Er kehrte zum Truck zurück und fuhr durch das Tor hindurch, dann parkte er den Wagen und schloss es wieder. Sie bemerkte, dass er die Büsche nicht an ihren Platz zurückstellte. Es war dunkel und er würde in ein paar Stunden zurück sein. Cole hatte an dem Tag, an dem sie einkaufen gegangen waren, alles wieder arrangiert, aber das war auch mitten am Tag gewesen.

Für Tulip war es traurig, so oder so.

Sie fuhren zu ihrer Wohnung und sahen zwei Autos davorstehen, in denen Leute saßen, die zu warten schienen. Sie rief ihre Mutter an, die ihr versicherte, dass in ihrer Straße keine unbekannten Autos parkten oder solche, die sie den Paparazzi zuordnen konnte. Also fuhren sie zum Haus ihrer Mutter.

Sie hatten sich ein wenig miteinander unterhalten, wichtige Themen aber vermieden. Als Levi nun am Bordstein zum Stehen kam, vergrößerte sich die Spannung zwischen ihnen.

„Levi, danke für alles, was du für mich getan hast."

Er nickte und seine Augen funkelten im Schein der Beleuchtung des Armaturenbretts. „Es war mir ein Vergnügen."

Sie stieß die Tür auf und zu ihrer Überraschung stieg er ebenfalls aus. Er ging um den Wagen herum und zog ihre Tasche von der Ladefläche des Trucks. „Ich werde die für dich tragen."

„Das musst du nicht." Sie konnte es gar nicht

gebrauchen, dass ihre Mutter ihn ins Haus zog und den Abschied verlängerte. Sie wollte jede Verbindung zu Cole hinter sich lassen, da sie ansonsten zusammenbrechen würde. Außerdem wusste sie, dass Levi noch mehr sagen wollte. Sie hatte Angst vor dem, was er bisher zurückgehalten hatte. Sie packte die Tasche mit festem Griff und als Levi nicht losließ, seufzte sie. „Levi, was willst du sagen?“

Er seufzte ebenfalls und ließ die Tasche los. „Es ist so, in dieser verrückten kurzen Zeit, in der du ein Teil des Lebens meines Bruders warst, war er glücklicher, als ich ihn jemals gesehen habe. Und das, trotzdem ihr von all diesen Idioten verfolgt wurdet. Wenn er dich ansieht, ist es offensichtlich, dass du ihm wichtig bist. Und ich werde sogar so weit gehen und sagen, dass er dich liebt. Wozu immer es auch gut sein mag, wenn das von mir kommt, aber ich wünschte, du würdest ihm eine zweite Chance geben. Unser Leben ist nicht immer so. All die Schmeißfliegen und Goldgräber sind nur wegen der Lügen unterwegs, die Shelly Duncan verbreitet hat. Das wird abebben. Und wenn Cole sagt, dass das Baby nicht von ihm ist, dann ist es das nicht. Mein Bruder ist einer von den Guten. Ich möchte nur, dass du das nicht vergisst. Auch er verdient Glück. Aus irgendeinem Grund sagt er dir das nicht, deshalb wollte ich das für ihn tun."

Sie spürte, wie sich ihr Inneres zusammenzog, so als stünde sie inmitten eines heftigen Sturms auf dem Deck eines Schiffes. „Danke, Levi. Und ich weiß, dass er einer der Guten ist. Darum geht es nicht. Es geht um all die Lügen, die wegen Shelly im Umlauf sind. Und auch wenn diese verschwinden werden, so wird es doch immer das Potenzial für neue Geschichten geben. Ich kann das einfach nicht."

Sie hätte Levi gern auf die Wange geküsst, aber für den Fall, dass Kameras in der Nähe waren, tat sie es nicht. Auch das war falsch, immer Angst haben zu müssen, den Regungen ihres Herzens nachzugeben. Stattdessen entfernte sie sich von ihm, doch nachdem sie bereits ein paar Schritte auf dem Bürgersteig hinter sich gebracht hatte, drehte sie sich noch einmal um und sah ihn an. Er trat gerade mit einem grimmigen Ausdruck auf dem Gesicht zur Tür seines Trucks.

„Levi", sagte sie und er hielt inne. „Du bist auch

einer von den Guten.“

Er nickte, tippte sich an den Hut und stieg in seinen Truck.

Sie lief auf das Haus zu, und sie gingen getrennter Wege.

KAPITEL SECHZEHN

Es war sieben Tage, drei Stunden und vierundzwanzig Minuten her, seit sie Cole Tanner das letzte Mal gesehen hatte. Wahrscheinlich hätte sie auch noch die Sekunden benennen können, aber das hätte an Besessenheit gegrenzt und sie hatte versucht, es nicht so weit kommen zu lassen. Nachdem Levi sie nach dem letzten Tag bei Cole spät in der Nacht zu ihrer Mutter gefahren hatte, hatte sie den Malibu ihrer Mutter genommen und war zu einer Hütte am Lake Palestine gefahren. Der lag zwar nicht auf der anderen Seite von Dallas, aber doch zentraler in Texas, in Richtung Louisiana. Oh, auch hier gab es Boulevardzeitungen, aber sie hatte ihre Lebensmittelbestellung bei einem Laden aufgegeben, der seinen Kunden eine Lieferung bis zur Bordsteinkante anbot und den Besitzer der Hütte gebeten, ihr den Schlüssel unter dem Fußabtreter zu hinterlegen. Niemand war ihr nahe genug gekommen, um sagen zu können, wer in die Hütte am See eingezogen war. Sie hatte einen Schlapphut getragen und am Wasser gelegen und die ganze Woche über versucht, sich zu entspannen.

Und nicht an Cole zu denken.

Das war schwer gewesen. Auch schon bevor ihre Mutter angerufen und ihr gesagt hatte, dass Cole auf der Titelseite einer Boulevardzeitung abgebildet war, wie er gerade Shelly Duncan küsste. Die Schlagzeile hatte darüber informiert, dass sie wieder zusammen waren und die Frau, die ihre Beziehung zerstört hatte, aus seinem Haus ausgezogen war.

Sie hatte nie in seinem Haus gelebt, auch wenn sie die erste Nacht dort verbracht hatte, aber das war nicht die Art von Aufenthalt in seinem Haus, die die Klatschblätter implizierten.

Sie drückte sich gegen den Nasenrücken, um die Tränen am Fließen zu hindern. Tief in ihrem Herzen wusste sie, dass dies nur eine weitere Lüge war. Aber er war zu ihr gefahren und irgendwie war es dabei zu diesem Kuss gekommen. Ihre Mutter hatte ein Foto von der Titelseite gemacht und es ihr geschickt. Es war zermürbend gewesen, die beiden einander so nahe zu sehen. Sein Hut beschattete sie beide und verbarg den Kuss – aber es sah aus wie ein Kuss. Es sah so aus, wie das Bild von ihrer beider Kuss ausgesehen hätte, wenn sich die Kamera auf der anderen Seite seines Hutes befunden hätte. Das Foto, auf dem sie und Cole sich küssten, war von der anderen Seite aufgenommen worden, so das man sehen konnte, dass ihre Lippen aufeinander lagen.

Das war an ihrem ersten Tag am See gewesen. Am zweiten Tag hatte ihr ihre Mutter ein weiteres Foto geschickt. Auf diesem standen sie nahe beieinander. Sie trugen dieselben Klamotten, doch Shelly lächelte kokett und fuhr ihm mit einem Fingernagel über den Arm. Cole war nicht zurückgetreten. Die Schlagzeile an diesem Tag lautete, dass die Turteltauben zusammenzogen und dabei waren, Babymöbel auszusuchen. Es gab noch viele weitere Fotos, sagte ihre Mutter, Fotos, von denen sie und alle ihre Kundinnen glaubten, dass es alte Aufnahmen waren, die nachbearbeitet worden waren und die beiden vor Geschäften für Babybedarf zeigten.

So sehr sie es auch hasste, sich das anzutun, hatte sie diese Fotos doch eine geraume Zeit angestarrt. Sie wusste genau, dass er nicht bei Shelly einzog. Und doch musste er damit leben, dass so etwas geschrieben wurde.

Warum geschah das?

Das ergab einfach keinen Sinn.

Sie wusste, dass sie sich nicht erneut auf der Titelseite einer Boulevardzeitung wiederfinden wollte. Sie versuchte sich vorzustellen, dass sie und Cole dort abgebildet waren, glücklich verheiratet und in Erwartung ihres ersten Kindes und sie hasste die Vorstellung, dass Bilder von ihnen in all diesen Klatschblättern gedruckt würden.

Sie wusste, dass Cole das gleiche tat und ihr Herz flog ihm zu. Sie wollte ihn umarmen.

Drei Tage vergingen und plötzlich waren keine Fotos mehr von ihm auf den Titelseiten der Zeitschriften. Ihre Mutter rief an und teilte ihr mit, dass sie alle Boulevardzeitungen gelesen hätte und es keine Fotos oder Folgeberichte mehr darin gab.

Ihr Herz hoffte, dass es nun vielleicht vorüber wäre.

Und dann hatten die Schlagzeilen der Magazine am Vortag plötzlich enthüllt, dass Shelly nie schwanger gewesen war. Es war nur eine List gewesen, um Cole zu halten. Oh, was für ein großartiger Tag für die Boulevardzeitungen auf Shellys Kosten.

Tulips Herz war vor Glück auf und ab gesprungen.

Harold hatte Erfolg gehabt. Oder Cole war es gelungen, sich durchzusetzen.

Im Moment schienen keine Geschichten über ihn zu kursieren. Aber sie wusste, dass es irgendwann weitere geben würde. Er würde mit diesem Eingriff in seine Privatsphäre leben müssen – immer.

Und das konnte sie einfach nicht.

Oder doch?

Sich schrecklich fühlend hatte sie ihre Sachen ins Auto ihrer Mutter geräumt und war nach Hause gefahren. Sie vermutete, dass sie nicht mehr interessant war – Nachrichten von gestern quasi. Zumindest hoffte sie das. Was sie sicher wusste, war, dass es an der Zeit war, ihr Geschäft wieder aufzubauen, wenn sie konnte. Cole hatte sie äußerst großzügig entlohnt; sie würde sich nicht beeilen müssen, aber sie wollte sich gern beschäftigen. Sie lag nicht gern auf der faulen Haut. Die Gedanken an Cole und daran, was hätte sein können, wenn er kein Milliardär gewesen wäre, den die Boulevardzeitungen liebten, verschafften ihr keinen Frieden.

Sie fuhr mit dem Auto ihrer Mutter nicht direkt zu dieser nach Hause. Stattdessen fuhr sie zu ihrer eigenen Wohnung und stellte erleichtert fest, dass in ihrer Straße keine verdächtigen Vans herumstanden. Oder Männer in ihren Blumenbeeten. Sie rief ihre Mutter an und teilte ihr mit, dass sie einen Tag eher nach Hause gekommen war und ihr den Wagen am nächsten Tag zurückbringen würde.

Nachdem sie die Tür hinter sich verschlossen hatte, duschte sie und holte sich eine Packung Erdbeereis, die sie am Tag vor der Hochzeit gekauft hatte, die nie stattgefunden hatte. Sie aß es auf der rückwärtigen Terrasse und wünschte sich zurück auf die Schaukel ihrer kleinen Hütte bei Cole, als ihre Mutter anrief und ihr sagte, sie solle sich die Abendnachrichten auf ihrem Computer anschauen.

„Warum, Mama?“

„Tulip, meine Süße, ich liebe dich, aber wenn du nicht sofort deinen Computer anmachst, dann werde ich entweder schreien oder zu dir kommen und ihn eigenhändig anmachen."

Überrascht vom ernsten Ton ihrer Mutter stimmte sie rasch zu. „Okay, Mama, ich mache es sofort. Ich verspreche es."

„Gut." Sie legte auf.

Das war seltsam. Sie ging in ihr Büro und schaltete den Computer ein. Dann ließ sie sich auf ihren Stuhl sinken, suchte nach der Website des Nachrichtensenders und wählte die Wiederholung der Abendnachrichten aus.

Sie musste nicht lange warten, bis sie den Grund dafür entdeckte, aus dem ihre Mutter darauf bestanden hatte, dass sie die Nachrichten sah. Da war Cole, so hübsch – so mitgenommen aussehend – er stand vor seinem Tor und blickte die Reporter an.

„Ich werde eine letzte Erklärung abgeben und dann werde ich den Rat einer netten Dame befolgen, die ich vor Kurzem kennengelernt habe und damit beginnen, meine Schrotflinte gegen Eindringlinge einzusetzen –

dazu gehört dieses Tor und das auf der anderen Straßenseite, da ich das Grundstück soeben gekauft habe. Ich werde auf Sie zielen. Ich habe die Lügen von Shelly Duncan hingenommen, von der ich gerade erfahren habe, dass sie nicht länger bei der Morgenshow ist. Ich konnte gar nicht der Vater ihres Kindes sein, doch weil Sie in meine Privatsphäre eingedrungen sind, habe ich die Liebe meines Lebens verloren. Ja, Sie haben richtig gehört. Ich liebe Tulip Jones. Und Sie haben geschafft, was Sie sich auf die Fahnen geschrieben haben, Sie haben dazu beigetragen, das zu zerstören. Sie können sich also glücklich schätzen. Und jetzt verschwinden Sie von meinem Land. Und denken Sie nicht, dass ich für weitere Neuigkeiten sorgen werde. Ich bin hier fertig, jetzt schreibt, was Ihr schreiben wollt.“

Dann hatte er einen Knopf gedrückt und die Tore hatten sich geschlossen; er war fortgegangen, die lange Auffahrt hinauf und weg von den Reportern. Die Kamera folgte ihm, als er sich entfernte und der Fernsehsprecher beendete seinen Beitrag mit ein paar abschließenden Worten.

Tulip nahm keines der Worte zur Kenntnis, die er sprach, alles was sie sah, war Cole, der den Weg zu seiner Ranch hinaufging. Er hatte gesagt, dass er sie liebte. Er hatte es vor laufender Kamera gesagt und die Reporter in seinen Kopf gelassen – einen Ort, an den er sie eigentlich lieber nicht ließe, wie sie wusste. Aber er hatte so traurig ausgesehen. So allein.

Und er hatte gesagt, dass er sie liebte.

Sie schluckte den Kloß in ihrer Kehle herunter. Jede Faser ihres Körpers schrie danach, zu ihm zu laufen. Und ihm zu sagen, dass sie ihn auch liebte. Aber er hatte nichts darüber gesagt, sie zu wollen. Er hatte ihnen gesagt, dass er sie liebte und es vorbei war.

Ihr drehte sich der Kopf, als sie daran dachte, wie Joe in diesem Stadion auf die Knie gefallen war und sie gebeten hatte, ihn zu heiraten. Sie hatte Mitleid mit ihm gehabt und seinen Antrag angenommen. Und dann war sie davongelaufen. Und dann Darwin, der sie ausgenutzt hatte und sie dazu hatte bringen wollen, sie zu heiraten, damit seine Mutter noch erlebte, dass er heiratete, bevor sie starb. Und dann hatte er sich als Lügner und Idiot herausgestellt, der sogar seine eigene Mutter benutzte!

Harold hatte sie auf Coles Bitte hin kontaktiert und sie mit Informationen über Darwin versorgt, sodass sie sich nicht länger deswegen Vorwürfe machte, vor ihm davongelaufen zu sein. Coles Ermittler hatte herausgefunden, dass die einzige Sache, wegen der Darwins Mutter von einem Arzt behandelt wurde, ein eingewachsener Zehnagel war.

Ein Zehnagel.

Sie wusste wirklich, wie man eine gute Wahl traf.

Nur das sie ohne jeden Zweifel wusste, dass Cole nicht wie Darwin oder Joe war.

Er war ein Volltreffer gewesen. Jemanden, den man halten sollte.

Und sie liebte ihn so sehr. Von ganzem Herzen hatte sie ihn geliebt. Liebte ihn immer noch.

Es war die Aufmerksamkeit der Medien, mit der sie nicht umgehen konnte.

Er wusste das und hatte sie nicht gebeten, zu bleiben. Er hatte ihr nicht gesagt, dass er sie liebte. Er hatte es ihnen gesagt. Eine große Geste, ähnlich der von Darwin und Joe? Versuchte er so, sie zurückzubekommen?

Nein, das war nicht das Gleiche und sie wusste es.

Ihr Herz schmerzte. Es tat so weh, dass es schmerzte und knackte und sie sich nicht bewegen konnte.

* * *

Cole saß auf seiner Veranda und war wütend auf sich selbst, weil er ans Tor gestürmt war und die Reporter hatte sehen lassen, wie sehr sie ihm zu schaffen gemacht hatten. Er hatte ihnen gesagt, dass er Tulip liebte.

Warum hatte er das getan? Öffentliche Erklärungen waren das Letzte, was sie von ihm wollen würde. Wenn sie zufällig Zeuge seines Ausbruchs und seiner Erklärung wurde, wäre sie aufgebracht, denn das wäre nur wieder eine weitere Form der Manipulation ihrer Gefühle. Er wollte nicht, dass sie dachte, er würde sie dazu verpflichten wollen, zu ihm zurückzukehren.

Aber er wollte sie zurück. Die letzte Woche war furchtbar gewesen, auch wenn er Shelly dazu gebracht hatte, zuzugeben, dass er nicht der Vater ihres Babys war. Er mochte es nicht, jemanden dazu zu zwingen, die

Wahrheit zu sagen, aber Jensen hatte Beweise dafür ausgegraben, dass sie schon einmal ein Baby erfunden hatte, um einen Mann dazu zu bringen, sie zu heiraten. Harold hatte diese Information an jemanden weitergegeben, dem er früher schon Sachen gesteckt hatte, von denen er wollte, dass sie an die Öffentlichkeit gerieten, und so war die Geschichte ans Tageslicht gekommen.

Sie hatte ihren Job verloren und am Ende hatte sie zugegeben, dass er nicht der Vater war und es überhaupt kein Baby gab. Cole fühlte sich schlecht, weil sie ihren Job verloren hatte, aber sie hatte bereits gesagt, dass ihre Einschaltquoten schlecht waren und das alles nur eine Finte gewesen war, die dazu dienen sollte, ihren Arbeitsplatz zu sichern. Seine Brüder und Harold hatten ihn daran erinnert, dass nicht er derjenige war, der gelogen hatte. Er hatte lediglich den Fehler gemacht, mit ihr auszugehen und sie später zur Rede zu stellen, womit er den Boulevardzeitungen noch mehr Zündstoff gegeben hatte.

Was er heute Abend erneut getan hatte. Nein, an diesem Abend hatte er ihnen keinen weiteren Zündstoff geboten, er war an diesem Abend durchgedreht und alles war ihm um die Ohren geflogen.

Sein Telefon klingelte. Es war Levi, aber als er das Gespräch annahm, befand er sich in einer Telefonkonferenz mit Bret und Levi, die ihn von einer örtlichen Sportbar anriefen, in der sie gegessen hatten.

„Du bist doch völlig durchgedreht, Cole.“ Levi schüttelte auf dem Bildschirm den Kopf. „Bret und ich haben dich gerade im Fernsehen gesehen. Du bist überall in den Lokalnachrichten.“

Bret übernahm das Telefon. „Hey, ich bin gerade in die Stadt gekommen und will nur eben etwas zu Abend essen und als ich zum Fernseher hochschaue, sehe ich lauter Clips von dir, in denen du deine Liebe zu Tulip erklärst. Du siehst aus wie ein verrückter Einsiedler, der wie Bigfoot in die Dunkelheit zurückstürmt. Ich muss dieses Mädchen kennenlernen, das es dir derart angetan hat. Sie muss schon etwas Besonderes sein und nach dem, was Levi sagt, ist sie es wert, dass man wegen ihr den Verstand verliert.“

Er hatte wirklich den Verstand verloren. „Ja, sie ist es wert. Aber all das ist einfach zu viel für sie und ich verstehe das. Ich kann auch nicht damit umgehen."

„Lass dir von einem Mann, der sich bewusst dafür entschieden hat, im Rampenlicht zu stehen und professioneller Bullenreiter zu sein, sagen, dass es manchmal wirklich viel ist. Ich hoffe, ihr zwei findet einen Weg, damit umzugehen."

„Das wird nicht geschehen. Ich kann sie nicht bitten, sich mit all dem abzufinden."

Er stand auf, als er ein Hupen vom Haupttor vernahm. Was geschah da? „Hey Jungs, ich muss los. Wir sprechen später."

Er tippte die App auf seinem Handy an und aktivierte seine Videomonitore. Er wählte das Eingangstor aus und hielt dann inne, als er sah, was sich dort tat. Tulip stand neben ihrem Auto, und drückte auf die Hupe, während sie zu der Videokamera aufblickte, von der sie wusste, dass sie auf sie gerichtet war. Als ein Reporter – ja, sie hingen immer noch dort herum – ihr eine Frage stellte, da stach sie ihm einen Finger in die Brust und sagte ihm, er solle sich zurückziehen. Genau das tat er dann auch und Cole lachte, als er den überraschten Ausdruck auf dem Gesicht des Mannes sah.

Was hatte sie vor?

Er sprang von der Veranda, joggte zu seinem Geländewagen und setzte sich hinters Steuer. Er hätte auch dorthin laufen können, aber es war kein kurzer Spaziergang und er wollte Tulip jetzt sehen. Der Geländewagen war schnell und würde ihn innerhalb von Sekunden zum Tor bringen.

Als sie ihn näherkommen sah, hörte sie auf zu hupen und wartete darauf, dass er den Knopf drückte. Sie starrte die Reporter an. „Sie wollen eine Story? Dann fangen Sie am besten schon mal an zu filmen, ich werde Ihnen Ihren Wunsch gleich erfüllen – also verpassen Sie es nicht." Daraufhin ging sie auf ihn zu. Die Lichter des Geländewagens beleuchteten sie, als sie vor ihm stand.

„Was machst du?", fragte Cole und dachte, dass er jede Linie und jede Kurve ihres Gesichts liebte, als sie ihn aus ernsten Augen musterte. Er wollte sie festhalten. Sie niemals wieder gehenlassen. Doch das war nicht seine Entscheidung.

„Ich mache etwas, das ich schon vorher hätte tun

sollen. Ich mache es auf meine Weise.“

Und dann sank sie zu seiner völligen Überraschung an Ort und Stelle auf ein Knie, vor ihm und den Kameraleuten und wer immer das sehen mochte, wenn es ausgestrahlt wurde.

„Ich liebe dich, Cole Tanner, und es ist mir egal, wer das weiß. Es ist mir egal, wenn ich den Kameramännern den Rest meines Lebens sagen muss, dass sie sich aus meinen Angelegenheiten heraushalten sollen. Denn genau das werde ich tun, wenn ich muss, wenn das bedeutet, dass ich dafür den Rest meines Lebens mit dir verbringen darf. Ich habe in dieser Woche gelernt, dass ich nicht kontrollieren kann, was sie schreiben. Ich kann nicht kontrollieren, ob sie Lügen verbreiten, und ich kann nicht kontrollieren, ob die Leute da draußen dem Glauben schenken wollen, was über mich geschrieben wird. Worauf ich allerdings Einfluss habe, ist mein eigenes zukünftiges Glück und das bedeutet, dass du ein Teil meines Lebens sein musst. Deswegen frage ich dich hier und jetzt und ohne mich darum zu kümmern, wer uns zusieht – und in dem vollen Wissen darum, dass du mich ablehnen könntest – ob du, wenn es denn stimmt, was du zuvor gesagt hast, mich heiraten willst. Denn ich liebe dich, Cole. Ich liebe dich mit jeder Faser meines Herzens, jetzt und für immer. Allerdings möchte ich kein Mitleid. Mir ist bewusst, dass du weißt, wie man Nein sagt, und ich bin froh darüber. Denn ich möchte etwas für immer und bitte sag Nein, wenn du nicht dasselbe suchst."

Er traute seinen Augen und Ohren nicht. Sie fuhr die ganz großen Geschütze auf, während im Hintergrund die Kameras liefen und die Blitzlichter zuckten. Und er liebte das.

Und er liebte sie von ganzem Herzen.

Er griff nach unten und umfasste ihre Schultern, bevor er seine Hände auf ihre Schultern legte. Wenn sie das konnte, konnte er das auch. Hier, wo sie alle Welt sehen konnte, ging er vor ihr auf ein Knie.

„Tulip Jones, ich habe dich beinahe von dem Moment an geliebt, an dem ich dich kennengelernt habe und ich werde dich als meine Frau nehmen, so wie ich dich bekommen kann. Auch wenn du dauerhaft eine Kamera um den Hals tragen solltest. Aber ich verspreche dir, ich werde alles tun, um diese

Scherzvögel loszuwerden. Aber im Moment möchte ich nur, dass du für immer ein Teil meines Lebens wirst. Willst du mich heiraten?“

Sie lächelte strahlend. So strahlend, dass sie ihn und die blitzenden Kameras blendete, als sie nun ihre Arme um seinen Hals warf. Sie hielt ihn fest und drückte ihm dann einen Kuss auf die Lippen, als gäbe es kein Morgen.

Cole schlang seine Arme um sie, er umarmte sie fest und drückte sie so an sich, als wolle er sie nie wieder loslassen.

Er verehrte sie, brauchte sie, und liebte sie von ganzem Herzen und er nahm sich vor, dafür zu sorgen, dass sie ihn niemals wieder ziehen lassen würde. Er wusste, dass er mit ihr an seiner Seite gegen alles ankäme, was sich ihnen in den Weg stellen mochte.

EPILOG

Levi Tanner beobachtete seinen Bruder Cole dabei, wie er mit Tulip, seiner Seelenverwandten tanzte. An der Hochzeit hier auf der Hauptranch, inmitten der wunderschönen Landschaft, die Tulip gestaltet hatte, nahm eine große Zahl an Freunden und Familienmitgliedern teil. Levi stand am äußersten Rand der Tanzfläche und beobachtete, wie er es gerne tat. An einem Tisch auf der anderen Seite des riesigen türkisfarbenen Blumentopfs aus Keramik saßen Tulips Mutter und einige ihrer Freunde und amüsierten sich.

„Tulip Michelle ist einfach die schönste Braut, die ich je gesehen habe, Mira.“

„Danke, Beulah Anne, das habe ich auch gerade gedacht. Wenn sich einer der Reporter dieser schrecklichen Boulevardzeitungen hier herumtreibt, dann wird sie in diesem Kleid allen Lesern den Atem rauben. Mein neuer Schwiegersohn sieht auch nicht schlecht aus. Diese Tanner-Männer sehen schon umwerfend aus, nicht wahr?“

„Da hast du recht. Du wirst wunderschöne Enkelkinder bekommen.“ Beulah Anne legte ihren blauhaarigen Kopf schief und begegnete Levis Blick, der für einen Moment zum Damentisch gewandert war. Sie lächelte. „Levi dort drüben ist auch nicht von schlechten Eltern.“ Sie zwinkerte ihm zu; er neigte den Kopf und richtete seinen Blick sofort auf einen anderen Ort.

Boulevardzeitungen. Die bloße Erwähnung der unheimlichen Reporter, die sie so gern verfolgten, brachte ihn dazu, die Hochzeitsgäste genauer unter die Lupe zu nehmen. Nach der ereignisreichen Show, die Tulip ihnen in jener Nacht geboten hatte, als sie sich nicht länger um die Reporter und wer weiß wen gekümmert hatte und Cole am Tor einen Antrag gemacht hatte, hatten die Medienleute sie in Ruhe gelassen. Die Aufzeichnung davon war online viral gegangen als *Die fortgelaufene Braut, die ihren Mann bekommt* und es war ihr gelungen, das Blatt zu wenden und den Strom an schlechten Nachrichten zu unterbrechen, unter denen Shelly sie zu begraben versucht hatte. Auch ihr Unternehmen hatte von der gewaltigen Aufmerksamkeit profitiert. Alles in Allem stellte sich ihnen die Welt momentan äußerst rosig dar und Tulip hatte die Hoffnung geäußert, dass es den Reportern bald langweilig werden würde, da sie und Cole sich niederlassen und gemeinsam ein glückliches, normales Leben führen würden, etwas, das die Zeitschriften sicher schrecklich langweilig finden würden.

Er fand, dass sie in einer Traumwelt lebte, denn die Boulevardzeitungen waren nicht dafür bekannt, von einer guten Sache abzulassen. Und Tulip hatte sich als Verkaufsschlager erwiesen. Sie und Cole, die immerfort rumknutschten und einander in den Armen lagen, sorgten für allgemeines Herzklopfen. Levi freute sich für seinen Bruder, das tat er wirklich, aber die Medien waren nichts, was er jemals akzeptieren würde.

Seine Gedanken gerieten durcheinander, als sein Blick auf eine schöne Brünette mit einem hübschen

Körperbau fiel und überraschend blaue Augen in seine sahen. Er fühlte sich, als wäre er von einer blauen Flamme verbrannt worden. Ihre Blicke kollidierten, verwoben sich ineinander, doch dann drehte sie sich um und verlor sich in der Menge auf der anderen Seite der Tanzfläche. Er stand fassungslos da und kam sich vor, als wäre seine Welt soeben mit einem Meteoriten zusammengestoßen.

Er bewegte sich von seiner Position am Rande der Party in die Menschenmenge hinein, gerade als sich die Musik des Tanzes von Braut und Bräutigam dem Ende näherte. Er suchte nach ihr, beinahe verzweifelt bemühte er sich darum, einen Blick auf sie zu erhaschen, bevor etwas geschah und sie für immer aus seinem Leben verschwand. Mehrere Leute riefen seinen Namen; er nickte nur, bewegte sich aber weiter.

Beck McCoy aus Stonewall, ein weiterer seit Kurzem glücklich verheirateter Mann, rief seinen Namen und tippte sich an den Hut. In letzter Zeit nutzen sie Becks Learjet-Charter-Service häufiger zum Reisen, da Linienflüge immer nerviger für sie wurden. Bret war mit einem der Flugzeuge von McCoy Charters von seinem Rodeo-Event eingeflogen, um es pünktlich zur Hochzeit zu schaffen und würde später am Abend wieder abreisen, um für das morgige, im Fernsehen übertragene Event zurück zu sein.

„Du siehst aus, als suchst du eine Frau“, sagte Beck ohne ihn aufzuhalten.

„Ja, ungefähr eins achtzig groß, brünett, mit erstaunlichen Augen. Hast du sie vielleicht vorbeikommen sehen?“

Becks Lippe verzog sich nach oben. „Kann ich nicht sagen. Aber ich hatte auch nur Augen für diese süße, kleine, blauäugige Blondine.“ Er deutet auf seine Frau, die am Rande der Tanzfläche mit einem kleinen Mädchen tanzte. Sie lachten und waren glücklich und er verstand, warum Beck außer seiner Frau niemanden im Raum sah.

In diesem Moment erblickte er sie. Eine Kamera in der Hand, schoss sie gerade mehrere Aufnahmen von Cole, wie dieser Tulip zur Krönung ihres Hochzeitstanzes in Richtung Boden sinken ließ, um ihr dann einen langen, leidenschaftlichen Kuss auf die Lippen zu drücken.

Die blauäugige Schönheit schoss weitere Fotos – nicht wie ein normaler Partygast, der einige wenige schießen würde; diese Frau nahm eines nach dem anderen auf, sie war auf der Suche nach dem perfekten Bild. Dem Bild, dass ihr Geld bringen würde.

Plötzlich wusste er ohne jeden Zweifel, dass dies kein Gast war. Sie war eine von *denen*, einer von diesen Idioten, die die Hochzeiten der Reichen, Berühmten oder sonst wie für die Medien interessanten Menschen aufsuchten, um Bilder davon zu veröffentlichen. Fotografen, die von dem Geld lebten, das ihnen diese Aufnahmen einbrachten.

Die Gästeliste war sorgfältig überprüft worden, um sicherzustellen, dass kein Foto-Opportunist zugegen wäre.

Doch da war sie und er hatte vor, diese Fotos in seine Hände zu bekommen. Er trat vor und näherte sich ihr, als sie ihn plötzlich entdeckte. Schuldbewusst sah sie ihn an, dann wich sie zurück, verstaute die kleine Kamera und tauchte in der Menge unter.

Er war ihr dicht auf den Fersen. Sie würde das Grundstück nicht mit dieser Kamera verlassen.

Über die Autorin

Der Name der zeitgenössischen Bestseller-Autorin Hope Moore ist das Pseudonym einer preisgekrönten Autorin, die in Texas lebt und von Cowboys umgeben ist. Sie liebt es, Liebesromane und Happy Ends zu verfassen. Ihre herzerwärmenden Liebesromane sind voller schöner Helden, die es zu lieben gilt und wagemutiger Frauen, die ihre Herzen gewinnen.

Wenn sie nicht gerade schreibt, versucht sie hartnäckig, nicht zu kochen, da sie von Erdnussbuttersandwiches, Kaffee und Käsekuchen leben könnte. Seit sie schreibt, ist sie kaum noch in sozialen Medien präsent, aber sie LIEBT ihre Leserinnen und Leser, also melde dich für ihren Newsletter an und sichere dir die kostenlose Kurzgeschichte DIE WAHRE LIEBE IHRES MILLIARDENSCHWEREN COWBOYS.

MILLIARDENSCHWEREN COWBOYS, die Vorgeschichte ihrer Western Liebesgeschichten-Serie der McCoy Milliardärsbrüder!

Dieses Buch ist nur für Newsletter-Abonnenten erhältlich und ist die süße Liebesgeschichte von J.D. McCoy, dem geliebten Großvater der Brüder. Du wirst außerdem Leseproben ihrer Abenteuer, zusammen mit Sonderangeboten und neu veröffentlichten Büchern erhalten.

Bitte kopiere diesen Link und füge ihn in deinen Browser ein, um dich anzumelden: https://www.subscribepage.com/cowboyromantik

Printed in Poland
by Amazon Fulfillment
Poland Sp. z o.o., Wrocław

93233296R00163